LAISHI DE LU
来时的路
亲历者讲述红色故事

红色黄安

郑位三 等◎著

彭 曾 杨顺雨◎编

中国文史出版社

图书在版编目（CIP）数据

红色黄安／郑位三等著；彭曾，杨顺雨编 . -- 北
京：中国文史出版社，2024.7

（来时的路：亲历者讲述红色故事／朱冬生主编）

ISBN 978 - 7 - 5205 - 4692 - 8

Ⅰ . ①红… Ⅱ . ①郑… ②彭… ③杨… Ⅲ . ①革命回
忆录 - 作品集 - 中国 - 当代 Ⅳ . ①I251

中国国家版本馆 CIP 数据核字（2024）第 101976 号

责任编辑：金　硕

出版发行：**中国文史出版社**

社　　址：北京市海淀区西八里庄路 69 号　　邮编：100142

电　　话：010 - 81136606/6602/6603/6642（发行部）

传　　真：010 - 81136655

印　　装：廊坊市海涛印刷有限公司

经　　销：全国新华书店

开　　本：700mm × 1000mm　1/16

印　　张：16. 25

字　　数：155 千字

版　　次：2025 年 1 月北京第 1 版

印　　次：2025 年 1 月第 1 次印刷

定　　价：72.00 元

丛书编委会

总　主　编　朱冬生

执 行 主 编　史延胜　金　硕

执行副主编　吕　鹏　任德才　左厚锋

编　　　者　庞召力　孙召鹏　丁　伟　杨顺雨

　　　　　　彭　曾　倪慧慧　冯长青　牛胜启

　　　　　　冯华安　刘英芳

选题缘起

一是贯彻落实习近平总书记提出的"要讲好党的故事、革命的故事、根据地的故事、英雄和烈士的故事，加强革命传统教育、爱国主义教育、青少年思想道德教育，把红色基因传承好，确保红色江山永不变色"重要指示精神，深入挖掘红色资源，丰富精神宝库。"采取青少年喜闻乐见、易于接受的形式"，讲好"四个故事"、加强"三个教育"，以高度的历史自觉培育有理想、有本领、有担当的时代新人。抚今追昔、鉴往知来，不忘初心、牢记使命，始终牢记"我们走得再远都不能忘记来时的路"，让信仰之火熊熊不息。

二是引导人们树立正确的历史观。中国共产党百年非凡奋斗历程为我们留下了丰厚的精神遗产，随着时间的推移，现阶段人们尤其是年青一代对当年那一段血与火的历史已渐感陌生；网络时代媒体传播的多元化，极大丰富了人们的信息资源，但在一定程度上也干扰了人们对历史的正确认知，特别是关于党史和军史，存在不准确甚至不正确的史料传播。本丛书旨在通过收集和整理史料，让历史说话，用史实发言，为人们树立正确历史观提供翔实资料。

三是文史资料再开发的尝试。现存的权威军史资料大都时日已长，为防止宝贵的红色资源湮没在历史尘埃中，迫切需要对其进行深度挖掘、梳理整合，以"亲历、亲见、亲闻"的"三亲"史料的形式，让红色资源以新的体系、新的样态呈现在世人面前，更好地发挥教育功能。

编选原则

一是坚持正确的政治立场。牢牢坚持党性原则，牢牢坚持马克思主义新闻观，牢牢坚持正确舆论导向，牢牢坚持正面宣传为主。

二是主题鲜明。丛书反映了中国共产党团结带领中国人民，以"为有牺牲多壮志，敢教日月换新天"的大无畏气概，书写了中华民族几千年历史上最恢宏的史诗；展现了坚持真理、坚守理想，践行初心、担当使命，不怕牺牲、英勇斗争，对党忠诚、不负人民的伟大建党精神。

三是史料权威。丛书内容来源于《中国人民解放军历史资料丛书》《中国抗日战争军事史料丛书》《中国工农红军长征史料丛书》所收录的文章及老一辈革命家的回忆录等。涉及党内路线斗争的题材概不收入；涉及犯有重大错误的人员的情况只做客观描述，不做评述；理论性较强，不便于一般读者理解的文章慎重选录。

四是注重"三亲"性。所选文章紧扣"亲历、亲见、亲闻"的特点，内容感人至深、思想丰富深刻、语言通俗易懂，为加强红色资源的故事化提供生动范例，做到知识灌输与情感培养并举。

卷册专题划分

一是在纵向上按照中国革命的历史进程，讲述了土地革命战争时期、抗日战争时期、解放战争时期及新中国成立初期的党史和军史故事。

二是在横向上各个历史时期再按区域或按部队序列进行分述。如土地革命战争时期的各地武装起义，按照当年武装起义比较集中的地区，如湘赣、湘鄂西、鄂豫皖、苏浙闽沪、陕甘等分别编辑成册。抗日战争时期，按照八路军第一一五师、第一二〇师、第一二九师、新四军、华南抗日游击队、东北抗日联军等分别编辑成册。解放战争时期，按照第一、第二、第三、第四野战军和华北军区部队，以及剿匪斗争、策动国民党军起义投诚等分别编辑成册。后勤工作、军队院校等特殊领域，单独成册。

囿于文史资料的自身特点，作者个人身份立场、视野角度不同，一些人撰稿时年事已高、事隔经年，记忆恐有偏差，细节难求完全准确，有意偏重或弱化亦难避免。对此，我们力求维持原貌，体现多说并存，只对一些显而易见的讹误进行了谨慎订正。诚然如此，由于我们能力水平和主客观条件的限制，难免有疏漏之处，恳请广大读者批评指正！

编　者

2024 年 6 月

　　土地革命战争时期，党从残酷的现实中认识到，没有革命的武装就无法战胜武装的反革命，就无法夺取中国革命胜利，就无法改变中国人民和中华民族的命运，必须以武装的革命反对武装的反革命。1927 年 8 月至 1937 年 6 月，中国共产党领导广大工农革命群众先后在全国各地举行了 680 余次武装起义，遍及 19 个省，起义风暴席卷了大半个中国。湖北、安徽等地党组织积极贯彻八七会议精神，领导工农群众向反动势力进行殊死斗争。1927 年八九月组织了以鄂南为中心的秋收起义，由于国民党反动派的武装镇压，鄂南农民起义坚持 40 余日，最后遭到失败，但这次农民起义，有力配合了湘赣边秋收起义，为以后建立湘鄂赣革命根据地创造了条件。1927 年 11 月，中共湖北省委在黄安（今红安）、麻城发动了黄麻起义，攻占黄安城，成立了黄安农民政府，组建了工农革命军鄂东军，史称"黄麻起义"。皖西地区也先后组织多次成规模的武装起义。这些武装起义和兵暴运动，有效策应和配合了全国其他地区，特别是湘、鄂、赣、豫地区的武装斗争，为鄂豫皖边区革命根据地的建立及发展奠定了坚实的基础。本书收录的文章主要围绕湖北、安徽地区武装起义和农民暴动展开，再现了当时这些地区受压迫的人民群众纷纷起来反抗反动统治的事迹，反映了中国共产党领导人民群众开展武装斗争、创建革命根据地、发展革命力量的艰难历程。

目 录

红旗飘扬在通山县城[*]

乐子谦

武汉政变后，

反动势力狂。

为我工农谋解放，

秋收起义做文章。

拿起长矛和大刀，

扛起锄头和土枪。

联合一切革命者，

工农自己做主张。

暴动：打倒土豪劣绅贪官污吏，

把国民党反动派一扫光。

1927 年 8 月，我们与全县农民高唱这首《暴动歌》，攻

---

[*] 本文原标题为《红旗飘扬在通山县城上空》，收录时做了适当修改。

1

下通山县城，活捉了国民党反动县长，建立了工农政权。

我是通山城郊郑家坪人，1926年参加农民协会，任农协会常委，负责宣传工作。1927年参加农民自卫队，担任宣传队长。5月下旬，我参与组织工农军配合北伐军第七十二军的1个连队攻打通山县城的行动，打击了夏斗寅叛军驻通山残部，缴获县警备队枪30余支，救出王双庆、阮文绣等200余名革命分子，重建了县农协会，扩大了农民自卫军。战斗结束后，中共湖北省委派李良材来通山任县委书记，省政府派何雄飞任通山县县长。

李良材，化名向日葵，1923年参加中国共产党，曾任黄石地委组织部部长，省农协会鄂南特派员。何雄飞，30多岁，是个大胖子，他与李良材都是汉川县人。何雄飞一到通山就暗中与土豪劣绅组织的"治安党""安民协会"头目打得火热，李良材看苗头不对，就与县农协会委员夏桂林、农军司令叶金波等商量，决定将县委与群团组织负责人转移到郑家坪、山口铺等地，而他则继续与何雄飞保持联系。何雄飞只知道李良材是国民党省党部董必武派来的联络员，与董必武有师生情谊，不敢把李良材怎么样。

7月中旬，汪精卫在武汉叛变革命的消息传到通山。何雄飞一面召集土豪劣绅王炳麟、王绪林、朱怀先等人密议，以通山各界民众的名义致电汪精卫，请汪复职；一面组织反动武装，进行"反共""清乡"。8月下旬的一天，郑家坪农协会负责人乐厚华，把我与乐云龙等人找到一起，以玩牌作掩护，向我们介绍了八一南昌起义的情况，传达了中央八七会议精神。他透露省委军事部长吴德峰要亲自来鄂南指挥，组织各县农民在农历八月初七左右举行大暴动。通山的农民秋收暴动委员会已在板桥建立，上级要求各地农军做好准备，趁唐生智把驻通山的部队调走的机会，攻下通山县城，建立工农政权。他介绍完后，我们进行了仔细商量。28 日下午，我们带着郑家坪农民土枪队，消灭了阮正卿的"反共清乡团"，缴获了 35 支长枪。29 日，按预定计划，我们带着农军加入夏桂林的通山农军第二大队，我任宣传委员。

30 日清晨，通山暴动农民手拿大刀、长矛，身背锄头、土枪，从四面八方扑向通山县城。由一伙青年组成的战地宣传队，爬上了城北的白鹤山，手里挥舞用红绸被面做的红旗，口里喊着暴动口号，唱着《暴动歌》。放眼望去，只见数千暴动农民已将通山县城团团围住，县长何雄飞接受了农军提出的条件，出城投降，红旗插在通山县城，高高飘扬。县暴动委员会已下令把何雄飞及其僚属九人逮捕。第二天，通山县城像过年一样，到处贴着红绿标语，人们在旧县衙门前的河滩上，搭起了临时"戏台"，作为会场的中心，数千人站在河滩下欢声笑语不断。大会开始后，县委书记李良材公布通山县工农政府委员会的组成人员，夏桂林被大家公选为政府委员会委员长，叶金波担任副委员长兼军事部部长。接着夏桂林讲话，他讲的大意是，派农军严守四境，组成农军小分队，深入各地抗租抗债，镇压反革命分子，以保卫新生政权，以及组织扩大农军准备参加鄂南秋收暴动等。

8 月 31 日下午，我和乐厚华等人回到郑家坪，以乡农协会的名义在全乡进行土地登记，做出秋后土地改革的计划，勒令土豪劣绅交款交粮，并派数十名身体健壮、思想进步的年轻自卫队员参加通山农民革命军。

9 月 9 日，夏桂林等在县城惩办了何雄飞等反动官吏，10 日率农军参加鄂南农民暴动，不久攻打咸宁县城失利。10 月初，国民党军攻占通山县城，夏桂林、叶金波等率部上了沉水山。

鄂南农民秋收暴动[*]

龙从启

1927 年 8 月，我接上级通知去鄂南蒲圻中伙铺向鄂特委报到，符向一同志与我谈了当前国内外以及鄂南各县的形势，并谈到我回嘉鱼县工作的情况。他说："嘉鱼组织薄弱，你回去边恢复农民协会边发展组织，同时准备在中秋节配合蒲圻举行秋收暴动。必须掌握沿江一带市镇，特别是组织渔民，这些力量绝不能忽视。"次日我便启程返回嘉鱼县。

鄂南暴动，以蒲圻、咸宁为中心，蒲圻的农协基础好，咸宁地区的农协也早有基础。虽然鄂南地区各方势力交错、复杂，我们的手上也没有掌握大部分武器，但蒲圻农军总指挥王钟尚掌握了二三十支步枪、十多支手枪，如将蒲圻各乡镇人民自卫队的枪支收集分给中队使用，再分配去帮助各县，同时组织农军，成立赤卫队，这是绝对可行的。而且蒲

　＊　本文原标题为《鄂南农民秋收暴动回忆》，收录时做了适当修改。

圻的农民协会有 70 多个，有组织的农民 4 万余人；咸宁的情况更好，农民协会有 300 多个，农民有 12 万余人；通山、崇阳、通城各县有组织的农民各有 2 万余人；嘉鱼有组织的农协有 20 多个，会员有 2 万余人，鄂南总共有农民协会会员 25 万人。虽不能确保此数，但打一个对折，把十二三万农民动员起来，也是可观的。从力量对比来看，鄂南是可以操必胜之机的。我们不但有百分之九十以上的农民，还有农田里丰收在望的粮食，我们可以断绝敌人的给养，使敌人寸步难行。

9 月 9 日，我第二次来到中伙铺，官塘驿至汀泗桥的铁路已经被破坏了，鄂南特委也迁走了。我问了乡农协干部才知道特委已迁到茶庵岭，我再问他们详情，他们也支吾其词，似在回避。我见谈不出什么，只得赶路。上路后，我与同路人闲谈，才知道昨日已举行了暴动，队伍还劫了从武汉去长沙的火车，稍有所获。到茶庵岭时已经漆黑一团了，我找到吴家大屋，接待我的是我的同学吴绳祖，他通知了符向一同志来会我。一见面，我就将嘉鱼的情况向他做了汇报，他催我回去"赶快进行暴动，有几乡拉几乡，不要等待，我们拉起来了再说"。我答复说："我们拉起来是不成问题的。"10 日，在我回米埠的路上，李文卿、吕金城已经先行起义了。与李文卿、吕金城同志会合后，我们决定暂在石塘卢家祠建立起"嘉鱼县农民暴动指挥部"，总指挥由吕金城同志负责。11 日，我们又占领了米埠镇，捕获了敌人的密探蔡振发，把他枪毙了。我们决定于 9 月 13 日出发围攻咸宁县城，竖起鄂南暴动这面红旗。由吕金城挑选农军 1000 余人前往，李文卿同志负责协助。我于 9 月 12 日前往陆溪口镇，再往龙口镇催促刘云鹤同志率领龙口镇人民自卫队 60 余人步枪 30 支进攻嘉鱼县城。进攻嘉鱼时，因受敌军阻止，宣告失败。

9 月底 10 月初，我到陆溪口镇。特委派来了武昌第一纱厂的青工同志，他说："敌人已从武昌向南，岳阳的敌人向东，来'扫荡'我咸宁、蒲圻的农军，并与蒲圻城困守之敌军和咸宁的敌军会合向我围攻！新店人民自卫队刘步一叛变，杀死了漆昌元、王钟同志等，并夺去了我们的武器，农军将向石坑渡大山上撤去。嘉鱼的农军能攻则攻，能守则守，不能攻守，可向蒲圻农军靠拢，以图再攻。"我听了这情况后，立即准备同沔阳、监利的同志联系。很突然，我遭县府密探汤道衡逮捕，并将我写好未发的几封信搜去了，所幸信中只有友情的问候。敌人把我关在陆溪口镇警察看守所个把星期，随后又押解回县城。我被关押后，从未被提讯过，一直到 1928 年除夕，敌人放出口风，可以让我取保暂释回家过春节。

我家倾家荡产，花了 300 块现洋，我才被取保暂释。出狱第二天，正是大年初一，我就逃到了罗弼臣同志家。之后，我派人到米埠探听吕金城同志的消息，才知道李文卿同志已经到江西第三军去了。不久我也去了江西，和李文卿同志会面了。在那里，我们继续为革命、为生存奋斗着。

回顾这一段历史，我内心非常悲痛，写了一首诗，以悼念我们鄂南暴动牺牲同志：

精忠烈火鄂南焚，九八工农起义军。

浴血人民仇定灭，雄心壮志气常殷。

成仁有志山应碧，杀敌惩凶土亦欣。

何处招魂崖岭上，光明捷报九泉闻。

蒲圻秋收暴动[*]

程浩泉

1927 年八一南昌起义后，中共湖北省委在鄂南组织轰轰烈烈的秋收农民大暴动。蒲圻是鄂南秋暴中心，我亲身经历了这场暴动，回忆起来仍历历在目。

中共蒲圻县委根据湖北省委、鄂南特委的指示和秋暴计划，在中伙铺莲花塘石家召开全县党员干部大会，讨论暴动计划。到会的有省委派来的干部，包括熊映楚、漆昌元、唐崇礼、沈国桢、汪小春、王礼卿、惠邦彦、侯矩芳、芦祯祥、石谷、郑广州、汪爱白、龚辉銮、吴至均，还有许多不知姓名的重要干部，共约两三百人，我也参加了这次会议。会议决定，于农历八月十五中秋节攻打城南门。

莲花塘会议第二天，大会上接到了武昌送来的一封信。大意是说：今天夜晚有一辆列车，内有子弹 1.5 万发，饷银

---

* 本文原标题为《我所经历的蒲圻秋收暴动》，收录时做了适当修改。

3万元，押运兵力仅1个班，可以在中伙铺拦劫。当时我们筹备集中短枪7支，在当地组织农民300人，于天黑的时候，埋伏在中伙铺火车站两边的山谷内。列车从官塘开出的时候，百十名同志带着枪在车站游动，打旗子的和站长都跑了。火车进站停车后，黄赤光带两支短枪上了机车头，监视司机不许动，其余的人分头跑上车厢，大喊："老百姓不要动，你们不要怕，我们是来缴敌人枪械的。"敌人都在车上睡着了，我们去缴他们的枪。敌人还大骂："该死的老百姓，你们搬货下车，为什么错拿我的枪。"我们将手枪对准敌人，喊道："不要动，不缴枪就杀了你。"埋伏在附近的农军将车上的枪支、饷银往下搬，车上敌军一个个都不敢动。

中伙铺劫车后，我回到石坑组织农民武装。当晚，我立即召集党员负责同志开会，决定分别到双丘、大贵、洪下、大梅畈、潭头山各乡农协会，组织各乡农民群众携带武器，将辖区内所有土豪劣绅、坏分子，尽行抓绑带到石坑渡王爷庙集合。

第二天拂晓，石坑河南北两岸，土铳喧天。各乡农民武装部队，陆续到石坑王爷庙，石坑街上驻满了农军。各乡捉获豪绅近80人，关押在王爷庙僧房内。上午11点左右，在庙前草坪上开大会，到会农军3000人，一个个都是手持梭镖、铁铜、宝剑、土枪，雄赳赳地排成队形，摆列在大会场上。会上，我宣布将农军编成3个支队、9个大队、27个中队与1个工农大队。并且，还宣布将于农历八月十五中秋夜攻打蒲圻县城。会毕，我们将五名罪大恶极的土劣分子当众在河边枪毙，以立军威。

拦劫火车后，各地都开始暴动起来，上至咸宁，下至羊楼司的铁路，一个晚上全部被撬了，沿铁路的电线也被割了，电线杆全部被砍倒。除了当地农军以外，还有铁路的道棚工人，他们从床底下拖出麻袋，拿出铁钳、铁锹，一齐动手，干了一夜。这才断绝了敌人的交通和通信。

农历八月十七，我们得到紧急情报：漆昌元在新店被人民自卫团团长刘步一杀害。党把自卫团调到新店，原本是作为建军的基础。我们在中伙铺拦劫的敌军军饷及枪械，被漆昌元同志都带到新店去了。省委派来的许多优秀干部与军事人才，也跟着漆昌元一路活动。刘步一诡计多端，耍两面派，他与国民党军队暗中勾结，而漆昌元丧失警惕，对其阴谋活动一无所知。等漆昌元到新店后，刘步一乘机发动兵变，将漆昌元及其他同志杀害。与我在武汉分校同班的杨绍平同志，亦被杀死。

漆昌元同志牺牲，特委机关被打散，使蒲圻革命遭受巨大损失。但是，全县革命同志并没气馁，各地工农武装仍然在继续进行艰苦的斗争。

在南勤、占仑团，汪小春组织农军兵分三路向敌军进攻。敌人闻讯，派兵力向北乡行将山进攻。农军在汪小春、汪远本带领下，持土枪、梭镖顽强抵抗，檀木炮炮声隆隆，声闻数十里，战斗进行了一整天，由于农军与敌军武器优劣悬殊，被迫撤退，汪小春同志战死，农军被打散。

9月底，崇阳反动保安队长金华寅，率步枪百余支，乘中坪空虚，由葛仙山进攻。我们在石坑听到枪声，立即集合农军500人，抬着檀木炮，到中坪迎击。部队赶到中坪时，敌人已经撤走，他们烧了王培元的房屋。

9月底至10月初，蒲圻城内敌军出动，四面进攻：一路由崇阳进攻；一路由汀泗桥出双丘；一路由中伙铺翻南山；一路由县城走金狮观，向潭头山、石坑进攻。县革命政府和农军司令部被迫迁移到木兰庙。因为敌我力量悬殊，只好退守中坪深山。此后，熊映楚、汪爱白与我们联络中断，队伍分散。郑广州、谭自若、王章、梅为尔、龚辉銮相继失散，只剩下王培元、唐崇礼、方策和我藏于深山之中。之后，王培元、唐崇礼到汀泗桥搭船奔汉口。唐崇礼走时，还特意向方策交代，叫他保护我。

不久，双丘土豪劣绅罗华堂又组织"清乡队"四处捕拿革命同志。吴至均、吴逢甲等许多革命同志惨遭杀害。此时，蒲圻的武装斗争转入低潮。

鄂中秋收暴动[*]

杨光华

1927年农历八月初八，邓赤中、刘镜珊在沔阳县白庙凤凰台来仪寺召开了党的骨干分子会议。会议决定立即领导农民反击土豪劣绅，实行全县大暴动，摧毁地主阶级的统治，建立农民协会的政权。

会后，邓赤中、刘镜珊同刘绍南、彭国材等同志一起回到戴家场，着手组织沔阳第一个暴动。中秋节这天，南区区委书记刘绍南在陈家院召开了党员大会，共计50多人参加，会上检查了暴动的准备工作，并把埋在陈家院的8支驳壳枪、2支勃朗宁手枪和20发子弹挖了出来。当晚，参加暴动的300多名农民把沔南大土豪涂老五的住宅团团围住，放火焚烧。涂老五翻墙逃跑，被刘绍南等人开枪打伤，后死于新堤。第二天，农民暴动队伍占领了戴家场，召开了庆祝大

---

* 本文原标题为《鄂中秋收暴动和革命武装的建立》，收录时做了适当修改。

会。邓赤中、刘镜珊、刘绍南讲了话，宣布恢复戴家场乡农民协会，由涂位云担任委员长。

接着，周河湾、三官殿、府场、坡段场、袁家口、杨树峰、白庙、彭家场等地农民，在当地党组织的领导下，纷纷举行了暴动，镇压了一批罪大恶极的地主湖霸，实行了"三红"——烧尽土豪劣绅的房子，火是红的；杀尽贪官污吏，血是红的；实行工农专政，革命旗帜是红的。其中，熊传藻、刘崇龙、彭国材、李铁青等同志领导的周何湾渔民暴动规模最大，一个晚上横扫了80多里，震动百里洪湖。

随着秋收暴动的一连串胜利，革命群众的情绪高涨起来。监利、沔阳两县反动派为了镇压重新高涨起来的革命运动，曾偷偷去沙市、汉口请兵来"剿匪"，结果只是徒劳。鄂中特委书记肖仁鹄在蚌湖召开了特委扩大会议，各县参加会议的400余人，沔阳有卢先瑚、谭翰藻、夏道美、王康普、刘柴（后叛变）、王文丙、董锦堂等人；监利有崔琪；华容有刘卓安；新堤有漆子恒、万世源、熊学幼和我等人。会上，肖仁鹄宣布成立工农革命军第四军，由他本人兼任军长。下辖2个师，邓赤中为第一师师长，熊传藻为第二师师长，董锦堂为第一团团长，我为第二团团长，卢先瑚为第三团团长，谭翰藻、夏道美、刘柴分别担任团党代表，漆子恒担任军部副官长。当时，百余人的队伍集中在蚌湖训练，只有4支短枪练习射击，人多枪少，后面崔琪的一个叔伯弟崔治安，从白军中拖了1支长枪参加革命军，彭国材送来1支缴获湖匪的长枪，才有了 2 支长枪、4 支短枪。

工农革命军在蚌湖练兵时，得知国民党省防军 1 个连保护运输船只安全的消息。肖仁鹄决定实施偷袭，他带领队伍连夜乘船向峰口赶，天亮前抵达。由于是第一次打大一点的仗，没有经验，边喊边打，使敌人有了准备，只缴获了十多条长枪就退出了峰口。

1927 年 12 月 4 日凌晨，由工农革命军担任主攻攻打沔城。攻城之前，邓赤中、刘镜珊在沔南葫芦坝王晓芗同志家里召开县委紧急会议，布置了攻打沔城的计划。随后又派了一批同志混进城内，作为内应。工农革命军则潜伏在葫芦坝一带，趁守城的国民党警备队下乡"清剿"之机，里应外合，一举攻进城内，活捉县长胡宝琼等贪官污吏，打开监狱放出了娄敏修等 20 多位同志和数十名无辜被捕入狱的群众。

攻打沔城的胜利，使肖仁鹄头脑有些发热，他没有利用好这个有利条件，在沔南站稳脚跟，而是带队去攻打新堤，导致黄道全、卢子午同志牺牲，受到特委的严厉批评，这才把队伍从界牌撤下来。

1928 年元旦，工农革命军在沔西新王家台整编，正式编为沔阳工农革命军第五军，军长肖仁鹄，娄敏修代理党代表，下辖十三师，师长邓赤中，党代表刘黎，辖 1 个团，叫三十七团，团长赵文允，党代表刘黎（兼），副团长荣延寿，参谋王粟民。军部副官长漆子恒。团辖 3 个营，由董锦堂、谢重阳、王康普分任营长，黄国庆、夏道美、谭翰藻分任营党代表。全军 200 来人，长短枪 30 多支。

庄南香，新沟嘴常练队队长，中共地下党员。早在 1927 年 11 月初，熊传藻同志就曾派陈步云、王尚武同志去新沟嘴找庄南香商议兵变问题，庄南香犹豫不定。之后，鄂中特委再次要求庄南香举行兵变，并派我、崔治安、王尚武三人去新沟嘴与庄南香联系，仍遭庄南香的拒绝。我们三人只好返回拖船埠，向肖仁鹄详细汇报了情况。鄂中特委决定偷袭新沟嘴。次日拂晓，工农革命军第五军摸进镇内，打了常练队一个措手不及，缴获长短枪 60 多支，占领了新沟嘴（庄南香带了一个分队回家，得以脱逃）。当天县城召开了群众大会，把没收的土豪劣绅的钱粮衣物分给了群众，才返回拖船埠。拖船埠的男女老少，喜气洋洋地挤到街上欢迎队伍，庆贺的鞭炮声压倒了呼喊的口号声。这天晚上，战士们都高兴得睡不着觉，吹号的吹号，打鼓的打鼓，庆祝胜利，互相比较着缴来的枪支。

不久，第五军进驻白庙，随后又转到沔东杨林尾整训。在这里，给全体指战员都发了一套新军服，是土布做的，用靛青染成毛蓝色。

在这期间，沔阳城里的反动派互相勾结起来，请出了沔阳的匪首李伯岩、陈厚堂，成立了反共地方武装组织——沔阳县"清乡保卫团"，李伯岩为总团董，陈厚堂为副团董。保卫团在沔城、通海口、峰口、府场等地进行"清乡"，李伯岩、陈厚堂把主要力量投入到白庙、葫芦坝、府场、谢仁口、南林口、土地沟等红色区域，被杀之人，被焚之屋，难以计数。在这种危急的斗争局势下，沔阳县委于1928年春节，在李林尾岸的宝合院召开了各区党的负责人会议，商议召开第三次党代会。会议刚开始，就接到监利县委转来的通知，要求第五军立即赶到监利车湾，与中共鄂西南特委率领的游击队会师，第三次党代会只得延期。

肖仁鹄率领第五军赶到监利车湾时，鄂西南特委领导的工农革命军已经占领了朱河镇。周逸群、贺龙决定对第五军进行改编，下编3个大队，把9个连的党代表组成宣传队，我是宣传队队长。第一大队大队长是滕树云，是南昌起义时的营长；第二大队大队长是史施元，原是叶挺部的团长；肖仁鹄是第三大队大队长。

部队改编以后，在贺龙、周逸群领导下举行了声势浩大的荆江两岸年关暴动。我随第三大队南下华容，西进石首，折回监利，在攻打监利城的战斗中失利。此后，部队分散活动，转入隐蔽的斗争，积蓄力量，准备着迎接革命高潮。

枣阳暴动[*]

张抱朴

1927年，蒋介石在上海叛变革命，疯狂屠杀共产党人。消息传到枣阳后，枣阳县团防局长杜进德，县长首北兹等人随即密谋响应。4月16日上午，杜进德带领数百名武装暴徒实行全城戒严，并闯入县党部、县农协搜捕省党部候补执委、县党部常委程克绳及其他领导干部。由于我党对他们早有戒备，程克绳等同志已被分散转移了。敌人扑了个空，就将县党部、县农协等机关里的财物洗劫一空，继而又捣毁县教育科、模范高小，并捉拿了女子小学校长杨藻鉴。同时，驻槐树岗民团在县民团指使下捣毁了区党部，包围了附近的王家湾，捕杀了县党部秘书——共产党员王万里。杜进德叛匪先后在枣阳琚湾、吴家店、余家畈、唐梓山、熊集等地搜捕共产党人、革命群众。我家因离县城太远，等到知道要转

＊ 本文原标题为《鄂北秋收暴动一角——忆枣阳暴动》，收录时做了适当修改。

移的消息时已来不及走了，我也不知道程克绳、张慕骞等人到底往哪里去了，只好在家乡东躲西藏。

过了半个月，我突然接到程克绳从武汉的来信，大意是：现在家乡气候不好，请你多保重身体，寻找机会到随县去找褚雨民。我与杨国杰、任振坤到了随县，找到褚雨民，他安排我们在随县南关外一个院子里住下，等候消息。过了几天，张慕骞来了，我们喜出望外。问了问我们的情况后，他说武汉风声正紧，革命同志不断被国民党反动派捕杀，所以暂不去武汉。然后，他就领着我们去见程克绳。

这时，程克绳已从武汉买回了一批枪支弹药，共有长短枪96支，子弹11箱，他们秘密将这批枪弹运到了随县。当时，程克绳要求我们想办法尽快将枪支弹药运回枣阳。我就邀集了一些枣阳旅随的同志，总共42人，换上早准备好的"建国军"服装，戴上灰色大檐帽，每人配一支枪，有的还配有手枪，抬起11只大皮箱，簇拥着一乘大轿，里面坐着张慕骞，装扮成大军官的样子，从随县威威武武、风风光光地向枣阳进发。

为了安全起见，少惹麻烦，我们出发后便走安居、环潭、资山、王城、兴隆一线，每到一镇都绕道而过。在兴隆，我们与前来接应的杨邦栋等人会合。继续前进不久，我们就发现约1个营规模的队伍在尾追我们。我们一开始想甩开他们，没能成功，就转入乌金店，在北门一座祠堂里一边休息，一边窥视动静。乌金店是我们共产党的势力范围，群众基础好，党组织健全，那支队伍没有贸然进镇，而是将乌金店包围了起来。程克绳一看形势不妙，就立即组织群众和武装队员，按20人或30人一组，每组派一个人带一支枪去指挥，阻止那支队伍进镇。那支队伍大概围了两个小时，天下雨了，他们才撤走。

我们没有在乌金店久留，而是迅速将枪运到了枣阳。紧接着程克绳主持召开了联席会议，会议决定将全县划分为10个战斗区，把武汉运来的枪支分到各战斗区。会议还要求各地迅速返回岗位，组织发动农民开展武装斗争，我当时被任命为第十战斗区负责人，负责发动、指挥太平、双河一带武装暴动。

9月初，程克绳在枣阳县政府内东花厅主持会议，商量成立军事委员会，准备秋收暴动。会上决定将枣阳全县分为4个乡，每个乡设立一个指挥部，程克绳任军事委员会书记，杨秀阡、王承祐、惠亚东和我是军委委员。当时分工：我负责指挥北乡暴动，指挥部设在太平镇，惠亚东指挥南乡，程克绳指挥西乡，杨秀阡指挥县城。

枣阳秋收暴动的枪声首先在西乡打响。9月上旬枣西的程坡、马岗、蔡阳铺、七方岗等地的武装农民在县委书记兼枣阳暴动总指挥程克绳的指挥下，联合襄阳东北的程河、双沟、张集等地1万多人，攻打枣阳西隆兴寺区署和团防局，活捉了反动区长兼团总邱植卿，吓跑了团防局人员，召开群众大会镇压了邱植卿父子，游斗沈正丰、申全生等大劣绅。

而后又攻打了七方区沈家大房，夺了团防的枪，处死了团总沈老九，捣毁了琚湾团防局，团总饶海平逃往县城不敢回家。在北二区，原省特派员黄民钦和共产党员王子良、杨道吾、王耀先等组织鹿头、新市、钱岗、唐南等地农民武装1.2万余人攻打邱家前湾。我暴动队员占领了附近的村庄、路口以及重要的山头，但终因敌人寨坚堡固，据地险要，硬攻不进，围了几天便撤退了。枣阳各地的武装暴动，力量都很分散，但从此，我们开始了公开的武装斗争，使反动派不得安宁，如枣北的反动头目邱德寿、邱宣章等已成惊弓之鸟，惶惶不安。

暴动后不久，负责鄂北交通的张慕骞领来一个人，叫王省，外号王大麻子，名义上安排他到大张庄教书，实际是上级派他来帮助开展工作的。大概过了半个月，我们又去县里开会，这次会议是一次紧急会议，程克绳没有参加，主持会议的是上级派来的人。内容主要是布置攻打枣阳县城的大暴动，趁县城守敌空虚之际攻占县城，撵走"建国军"。会议特别指出，北乡驻军较多，一定要动员力量去解决，要求我们马上回去加紧准备，等待通知暴动具体时间。

11月12日，我们接到暴动通知，要求各地在当天晚上行动，互相配合。我于当晚率几百人，拿着刀矛，还有少数短枪，去围攻双河镇。镇上驻军是"建国军"，他们吓得直往外跑，不敢与我们厮杀，我们紧追不舍。在清凉寺，王省指挥的农军包围了敌人，带头冲进敌阵的是张绍良等人，打死了2个副官、2个连长、1个催款员、6个士兵，缴获了3支枪。当时，王省戴的灰色工人帽是我给他的，在战斗中，帽子被子弹打掉了，王省也来不及捡。不久，"建国军"进行反扑时，拾起了那顶帽子，认出那顶帽子是我的，便以为我是指挥打清凉寺的"祸首"，就放火烧毁了我家房屋，连堆放的烧柴也不放过，致使我家32口人无处安身。这次暴动攻城，由于准备仓促，行动不统一，尤其西乡按兵不动，并没有达到预期的目的。

枣阳秋收暴动声势浩大，震撼了鄂北。通过暴动，党组织也改造教育了红枪会，并把它纳入革命的轨道，后来成为工农革命军鄂北总队的基本力量。

鄂西第一块红色区域的诞生[*]

傅殿云　庞万俊　傅正时

1927 年，蒋介石在上海发动四一二反革命政变，湖北地区的政治形势急转直下。7 月 15 日，汪精卫召开"分共"会议后，荆楚大地更是陷入一片血海，长坂坡前，革命者天天被杀，砍下的头颅挂在当阳城门，黑压压的一溜。

8 月 7 日，中共中央召开紧急会议，确定了土地革命和以武装反抗国民党反动派的总方针，并把发动湖北、湖南、江西、广东四省农民秋收暴动作为当时的中心任务。9 月初，中共鄂西区特别委员会成立。经过全面分析，特委决定首先以当阳瓦仓为突破口，在群众基础较好的当阳、江陵、公安等县相继暴动。

根据湖北省委和鄂西特委部署，中共当阳县委全力转入了宣传、鼓动、筹备和组织武装起义的斗争。当时，县委委

---

　　* 本文原标题为《鄂西第一块红色区域的诞生——忆瓦仓起义前后》，收录时做了适当修改。

员 13 人，其中李超然、李述礼、王怀之、汪效禹、洪勋、刘秀松、张人瑞、罗庆光、傅子和等直接投入了起义的组织工作。同时，上级机关还派曹壮父、包泽英、张家明、何无我等同志亲临当阳县，协助县委领导。9 月 7 日，当阳县瓦仓起义总指挥部成立，指挥部下设起义行动小组，李超然任总指挥，汪效禹任副总指挥兼行动小组组长，县农运特派员洪勋任行动小组政治指导员，瓦仓区委书记傅恒之任行动小组副组长，王怀之任总交通及总后勤。

起义指挥部成立后，立即抓紧进行了秋收暴动的各项准备工作，主要从四个方面着手：整顿、扩建农民自卫团；筹集武器装备；加紧对驻军的统战工作；召开李时鲜烈士追悼大会。

李时鲜是当阳县农运委员，曾在远安、当阳两县做过农会工作，在人民群众中有很高的威信，于 1927 年 5 月 16 日被杨森部杀害于当阳城关。追悼大会上，汪效禹亲自撰写了挽歌：

死难李时鲜，浩气凌青天。
奋身迎枪弹、抗军阀、争民权，肝脑涂城边。
血中振臂呼，呼声破敌胆。
再接复再厉，责任在吾肩。
革命的目的，务求其实现。
烈士已逝去，方得含笑于九泉！

追悼会期间，群情激奋，口号声此起彼伏，震撼山谷。追悼大会成为武装起义的动员和誓师大会。

1927年9月14日，震惊鄂西的瓦仓农民起义正式爆发。傍晚时分，瓦仓农民自卫团兵分两路：汪效禹带领自卫团第三营打垮了设在石马槽的区团防局，活捉了反动团总汪和廷；洪勋、傅恒之带领自卫团第一、第二营，在广大农协会员的配合下，分乡捉拿反动官吏和土劣80余名，将其中罪大恶极的雷申之、王勋阶、方选清、李进臣、丁震卿、姜少武等30多人公开处决。15日，李超然在庙前傅家祠堂主持成立瓦仓区工农民主政府（不久后改称瓦仓区苏维埃政府），傅殿云任政府主席，胡德山任区农民协会主席，傅勤丰任土地局局长。

瓦仓起义，一夜之间铲平了地方基层反动势力，建立起为劳苦大众当家做主的政府，这一消息极大地推动了邻区和邻县边界暴动。观音区农协会在傅子和、罗庆烈、傅锡圭、傅荣岩领导下，积极响应县委号召，镇压了土豪劣绅方业臣、方显廷、方达延、丁翠卿等人，成立了"观音五乡联合办事处"；九山一带农民在当地党支部带领下，举行暴动，四处拘捕反动会首、团丁和地方恶霸；远安南乡的清溪、三桥、峦峰一带农民武装控制了区乡政权，并派人扼守交通要道，防止当阳土劣勾结远安县反动势力偷袭起义军……

一月之内，以瓦仓为中心形成了一块约1500多平方公里、拥有12万人口的红色区域。为了支援瓦仓割据斗争，中共当阳县发动城关、河溶、慈化、育溪等地农民，以各种形式开展活动，全县革命形势日趋高涨。

面对声势浩大的赤色风暴，国民党地方当局和土豪劣绅又恨又怕，慌忙纠集力量进行镇压。10 月下旬，反动部队发起"进剿"，公开宣布：只许错杀，不许错放；每杀一人，赏钱五串。

由于敌强我弱，实力悬殊，以瓦仓为中心的红色区域形势十分危急，起义部队根据湖北省委指示，在正面抵抗失利后，退守杨家山，后又陷入重围，领导被冲散，外援被彻底切断，粮食弹药枯竭。为了保存革命力量，起义指挥部决定将部队化整为零，分散突围。10 月底，自卫团兵分三路：傅丹湘、黄冠柏率领一部突围至远安南乡；洪勋率领一部在银花岗遭敌伏击，大部分牺牲；汪效禹率领一部在突围中伤亡殆尽，瓦仓地区的革命斗争转入低潮。

红色区域失陷后，反动地主丧心病狂地进行烧杀抢掠，在短短的 10 天内即有 200 名干部、战士被杀，50 多户群众被抄家封门，尸骨成山，道路两旁树上挂满革命者的首级。农民自卫团团长汪效禹被捕后，敌人劝降不成，就将烧红的煤油桶捆在他背上，又在双腿缠上鞭炮点燃，炸得皮肉一块块往下掉，沿途群众掩面流泪。汪效禹面不改色，走向刑场，并一路高呼："打倒军阀走狗！革命成功万岁！共产党万岁！"

"野火烧不尽，春风吹又生。"英雄的瓦仓人民没有被气势汹汹的敌人所吓倒，他们从血泊中爬起来，擦干身上的血迹，掩埋好同伴的尸体，拿起武器又走向战场。11月，傅丹湘、汪文化、黄冠柏、李勋臣等在远安南乡召集了100多名突围战士，组建鄂西挺进大队。随后，他们带领队伍返回了瓦仓老区庙前、老观窝一带，总结起义以来的经验教训，采取了"你来我飞，你去我追，白天分散，晚上拢堆，你要作恶，我就治罪"的灵活机动的战术，与"进剿"之敌兜圈子，打游击，严惩地头蛇和刽子手，声威大震。后来，挺进大队发展到400人，红色区域得到相当的恢复，群众斗争逐渐高涨。国民党湖北省党部在给蒋介石的"匪患"报告中哀叹，"当阳匪患为各县之冠"。

在斗争形势发展的情况下，党内受到了"左"倾盲动主义的严重影响。中共鄂西特委为执行"七县暴动计划"，决定由曹壮父、包泽英为正、副暴动总指挥，当阳县委成员分别担任城区、育溪、双莲、慈化、河溶等处指挥，准备发动全县年关大暴动。由于消息外泄，河溶指挥徐永春被捕叛变，河溶、慈化等处党组织解体，暴动计划落空。

1928年1月，对革命抱同情中立态度的秦汉三、罗福祥部队被迫开往江南；国民党第二十军杨森部进驻当阳。下旬，投机分子张幻龙公开叛变，在他的出卖下，李超然被捕入狱，2月15日，壮烈就义于长坂坡。接着，敌人成立了以对付共产党为目的的"善后委员会"，发布对王怀之、傅恒之等108名共产党员、农运领袖的通缉令。当阳白色恐怖异常险恶，李时新、傅丹湘等数十人先后落入魔爪，惨遭杀害。为了避免更大的牺牲，鄂西特委将曹壮父、包泽英、傅恒之、王怀之、刘秀松、张人瑞、李良材等负责干部转移到外县。

同年春，当阳观音和远安南乡割据区域先后在反动团防武装和"大刀会"围攻下丧失，活动于瓦仓地区的鄂西挺进大队成为一支孤军，凭借祠堂岗险要地形与地主武装1000多人对峙，多次打退优势敌军的进攻。

1928年5月16日，正当坚守祠堂岗的鄂西挺进大队主力与敌苦战的时候，扼守岗西北羊角山的高敏斋弃枪投降，带领敌人偷袭祠堂岗背面，挺进大队在腹背夹击下牺牲80余人，被迫转移到涂家寨。17日，涂家寨又被攻破，挺进大队死伤50余人，黄冠柏等部分突围人员转移到荆门、宜昌、宜都、枝江等县，成为当地革命斗争的骨干力量，后发展成为荆（门）当（阳）游击第一大队。

坚持8个多月的瓦仓起义，在国民党反动派的疯狂"围剿"下虽然失败了，但对于以后的革命斗争提供了经验教训，培养和锻炼了领导骨干，产生了深远的影响。人民将永远缅怀瓦仓起义烈士和他们卓著的历史功勋。

安北起义[*]

张仲殷

轰轰烈烈的安陆农民运动，随着蒋、汪叛变，国民党反动派的大屠杀而遭到了挫折，然而经过大革命风雨洗礼的安陆人民，并没有被反动派的屠刀所折服。被国民党反动派摧残得奄奄一息的安陆革命运动，又出现勃勃生机。安（陆）北起义，就是这一时期安陆人民在党的领导之下，同国民党反动派进行殊死斗争的壮丽一幕。

1927年7月，由于武汉汪精卫集团的"分共"，国民党反动派大肆屠杀共产党人和革命者。安陆县党部改组，县总工会、县农协筹备会等革命机关，被迫停止了活动，县委留下来坚持斗争的几位成员，已处于秘密隐蔽状态，很少公开露面。我们这些农运骨干，一旦离开了党的领导，便感到没了主心骨。

---

[*] 本文原标题为《回忆安北起义》，收录时做了适当修改。

8 月下旬的一天，安陆北部中心集镇接官厅正是热集，我也赶了集。革命高潮时查禁的烟馆、赌场，如今已是乌烟瘴气，一些从省城、县城还乡的土豪劣绅正在摇头晃脑地讲述共产党人和革命者如何被屠杀的情形，我心中十分悲痛。此时忽然有人对我耳语："盛辅卿回来了！"我转悲为喜，迅即托人通知王季熔、刘子提、张丹桂、张承炼、盛凤章等几个骨干，当晚去找盛辅卿。

盛辅卿住在李家冲的染房独屋，距接官厅十余里，是一个十分僻静的村舍。在他北边的一间染坊里，他简要向我们介绍了南昌起义的情况和党的八七会议精神，着重传达了中共湖北省委的指示。他说，中共湖北省委在罗亦农同志的领导下，传达了党中央八七会议精神，制订了湖北省秋收暴动计划，将全省划分为武汉、鄂东、鄂南、鄂北、京汉、鄂中、鄂西七个起义区，并分别建立党的特委，隶属省委领导。起义分两步走：第一步，建立起义指挥机关，组织游击队，恢复农民组织；第二步，镇压土豪劣绅，没收大中地主土地，夺取敌人武装，建立革命政权及工农革命军。为了保证起义计划的实现，中共湖北省委还派出 400 多名党团员分赴各地指导和组织起义。盛辅卿是省委派到安陆组织起义的。

孝感、安陆、应山同归京汉起义区，特委设在三个县交界的京汉铁路附近的小河，魏祖胜、王子宽等主持特委机关工作。京汉区特委决定成立工农革命军第十二军，下设 3 个游击支队，孝感为第一游击支队，安陆为第二游击支队，应山为第三游击支队，军部机关设在特委。孝感、应山建军计划未实现，特委决定由盛辅卿到安北接官厅，组建中共安陆县委和第二游击支队。听完盛辅卿的传达，我们就根据上级指示精神，研究安北起义的准备工作，会议决定以接官厅、会家砦、赵家棚为中心，北依樵山、吉阳山，东至戚新庙，南到金家店，西至府河，发动和组织农民进行武装暴动，彻底消灭反动派，在国民党势力鞭长莫及的孝（感）安（陆）应（山）三县边界，开展土地革命，建立革命武装的斗争。

8月底，特委特派员林竹如、胡文津携带手枪两支，化装来到了会家砦王家台子王季熔家，检查安北起义的准备与第二支队的建立等情况。

在盛辅卿的主持下，我们在接官厅陈作成（开纸马店）家里开了两天两夜的会。会议决定，我们分头到群众中去，依靠原农协会员和当地有影响的人士，物色游击队人员，筹措武器和经费，并决定建立接官厅党支部，建立徐冲区和接官区委，在接官厅建立工农革命军一个大队。具体分工是：徐冲区由徐子忠、徐林安负责，接官厅区由盛辅卿负责，并由他领导全体同志工作。为了方便工作，明确责任，这次会议以后，盛辅卿还在接官厅附近的徐家独屋，召集全体骨干、原农协积极分子和拥护革命的原国民党乡政人员开了一次会。

我负责的接官厅一带，原来农运基础较好，群众觉悟较高，游击队人员和经费的来源都不成问题，主要是赶制刀矛，搞到快枪，为部队准备武器。

早在农运时期，我得知共产党员姜近仁的丈夫胡华泉的族人胡坤泉，系一退职的团总，其家藏有步枪 5 支半（有一支锯掉了托梢），子弹 500 发。一天晚上，我请开明绅士张文轩到胡家月塘找姜近仁夫妇，一同找到胡坤泉，说明购枪自卫。

胡坤泉拿出全部枪支弹药。同时，胡坤泉又与当时在国民党军独立第十四旅二团三营当营长的胡受谦家里疏通，将胡受谦藏在家里的一支手枪拿出来了，我当即付了一些钱。这时，我们的游击队员已发展到 120 人，除了这些武器以外，每人还有一件刀矛。

10 月某天晚上，在京汉区特派员林竹如领导下，由盛辅卿在接官厅寨凹主持召开了党组织和游击支队大会。首先，由新党员王季熔、刘子提、张丹桂、张承炼、盛凤章、徐正荣、苏泽金、高东平、张世荣和我等集体入党宣誓。接着，由盛辅卿宣布中共接官区委和第二游击支队成立，由盛辅卿担任区委书记兼第二支队支队长，张承炼担任接官区大队大队长，王季熔管组织，刘子提管宣传，张丹桂管军事，我管政治。同时成立接官党支部，指定我兼任支部书记。接着，特委又派薛金吾担任第二支队的专职干部。

安陆北部位于京汉路西侧，与孝感、应山相毗邻。大革命失败后，安北一带的土豪劣绅在国民党保安队的保护下纷纷还乡，有的充任国民党的"调查员"，向保安队密告我党干部和积极分子；有的利用红枪会反动势力，组织团防。他们串通一气，横行乡里，是我们开展革命工作的巨大障碍。支队根据特委指示，决定对罪大恶极的反动分子，坚决予以扫除，在斗争中壮大武装力量，发展革命势力。

莲花庵张家湾土豪劣绅张植廷，在大花店、金家店、刘家畈一带造谣惑众，不准农民起来参加游击队。11月1日夜晚，支队领导率领第一大队乘夜奔袭张家湾，将张植廷一举捕获，并就地召开群众大会，历数张植廷种种罪恶后，当即将其处决。起义行动，首战获胜。

应山南部反动团总左谓可，集结反动红枪会势力，设置据点，构筑工事，在安陆、应山、孝感三县边境，对抗革命势力。1928年1月22日，安陆县第二游击支队，配合孝感和应山革命武装，由特委书记邓雅声统一指挥，乘农历除夕之夜一举攻占了反动团总巢穴左家河，左谓可等闻讯潜逃，游击队缴获了一部分枪支弹药，烧毁了左谓可的住宅，捣毁了反动巢穴。大鹤山大恶霸地主侯振治，仗恃他大儿子侯伯和是国民党参议员，抗田不交，还大骂共产党是"赤匪"。为了推动土地革命的顺利开展，支队带领第一大队于2月15日夜晚，经会寨到达侯家大湾，包围侯振治住宅，将侯振治及其两个儿子抓获并予以处决，宣布将其一部分田产没收，其四子侯日逊漏网。

镇压了侯振治父子后，支队又率部转回接官厅，先摧毁了周家大庙团防，镇压了刘子芳。刘在大革命失败后，充任国民党第六区"调查员"，专门调查我党活动情况，向国民党县政府告密，以致许多共产党员和农运骨干遭到通缉。支队于2月26日晚，将刘子芳处决于接官厅北桥头。同日夜晚，又处决了接官厅附近的恶霸苏伯端。

3月，游击队获悉，国民党税收员乐伯川，深入到我游击区腹地会家砦，一方面向群众勒索款项，一方面侦察我方活动消息；同时，徐家冲土豪劣绅侯秀峰，赵家棚土豪劣绅杨雄欧，与反动团总刘文阁暗中勾结，在徐家冲逮捕了原县农运特派员徐子忠，在大鹤山逮捕了共产党员侯光发、侯日朝、侯日昌等。支队为了打击反革命气焰，于一天深夜，一部奔赴会家砦处决了乐伯川，一部翻越到徐家冲，会同共产党员邓正岳等，处决了侯秀峰，给予蠢蠢欲动的反革命分子以迎头痛击。

武装斗争的胜利，使党的组织和武装组织得到了发展，1928年春，中共安陆县委建立。同时，由盛辅卿和薛金吾在接官厅指挥中心主持召开党军扩建会议，讨论党与军队的建设问题。会议决定，在县委和支队的领导与统率之下，扩建5个区委和5个游击大队，以接官厅为中心，建立第一区和第一游击大队，我任区委书记，秦善甫任大队长；以刘家畈为中心，建立第二区和第二游击大队，刘子提任区委书记，盛凤章任大队长；以金家店、椿树岗为中心，建立第三区和第三游击大队，张丹桂任区委书记，胡耀华任大队长；

以会家砦为中心，建立第四区和第四游击大队，王季熔任区委书记，姜近仁任大队长；以赵家棚、徐家冲为中心，建立第五区和第五游击大队，张承炼任区委书记，苏泽金任大队长。5个区计有共产党员26人，游击队员300多人，盛辅卿任县委书记兼第二游击大队大队长，薛金吾任军代表，林竹如为党代表，王季熔负责组织，刘子提负责宣传，张丹桂负责作战，我负责政治。接官厅支部书记，由熊子英继任。同时，会议根据"边发展边巩固，在巩固中求发展"的原则，决定在一个月时间内，将骨干游击队员发展到1000人，为正式建立工农革命军和安陆县工农民主政府做好充分准备。

但是，我们的计划终因国民党反动势力的摧残而落空。其时，国民党军第十九军军长胡宗铎任湖北"清乡督办"，第十八军军长陶钧为"会办"，胡、陶二人在"宁可错杀一千，不可放走一人"的口号下，在全省进行血腥的大屠杀。3月上旬，由胡宗铎第十九军奉命开往鄂北"剿共"，驻防安陆、广水、应山、花园等处，其新任军长李纪才率领军部机关及特务营等进驻安陆县城，李纪才与反动县长肖觉天相互勾结，先后在巡店逮捕了廖振声、吴树坤、廖光彦，在县城逮捕了周继英，后即向防区的安陆、云梦、应山、孝感四县发出"清乡通令"，严令各县建立"清乡委员会"，实行"保甲连坐"，大搞特务统治。由于国民党普遍"清乡"，安陆反动势力复又活跃起来，应山县反动团总吴吉甫和左谓可扶植的反动红枪会势力，活动十分猖獗，城郊郑继钰的红枪会勾结县保安队，已逐步推向伏水港、三陂港。会家砦已被摧毁了的反动团防，也在暗中活动。接官厅的净土庵、邓家湾的红枪会势力，在吴吉甫的支持下，也组织起来了。反动势力的包围，使我们刚刚开辟的地盘又丧失了，刚刚建立的组织无法开展工作，最后随着形势越来越险恶，支队机关被迫撤出了接官厅，分散转移到了槎山。

安北的险恶环境，引起了军部的高度关注，及时做了应变决定。3月底，军部派联络员岳继韶，化装成土布商人来安北找盛辅卿传达军部指示。不料走到安陆、孝感交界的姚季家店被国民党两县联防部队逮捕，解往安陆县城，后营救无效，于6月2日被害于安陆县城教马场，我们与军部一度失去了联系。

4月中旬，国民党军准备"继续北伐"，与旧军阀争夺北洋地盘，出师前，第四集团军"前敌总指挥"白崇禧，命令所部对革命力量进行一次大规模"清剿"。在这次"清剿"中，安北革命力量遭到了极为严重的摧残。

4月12日，应山反动团总吴吉甫指挥红枪会数百人，突然从陈家巷、新街、唐家畈向我支队指挥中心接官厅发动攻击。我游击队员在盛辅卿的指挥和群众的掩护下，英勇机智，安全突围。但是，应山县农军负责人黄维舟不幸被捕牺牲，他是奉令来安北接头时被围困在接官厅的。

为了积蓄革命力量，相继打击敌人，收复根据地，担任第五区区委书记的张承炼，于4月17日深夜，从槎山潜回接官厅，收集埋藏的武器弹药，因被当地大土豪张杰民告密，张承炼一回到马家湾就被吴吉甫带领红枪会匪徒重重包围，张承炼奋力拒敌，以致头破肢残，力尽被捕，解往应山县城。在转解安陆途中，反动保安队将其用铁丝穿透锁骨进行牵引。张承炼不为淫威所屈服，不久又被转解武昌，在多次严刑审讯下，张承炼从未吐露党内半点真情，反动派终因无奈，于1929年3月以"反革命"罪名，将其杀害于武昌通霄沙滩。1928年4月21日，国民党湖北省政府通令严缉安陆县共产党人，通缉令遍布大小集镇。根据这种情况，盛辅卿即做出了"暂避敌锋，分散转移"的决定，不久，盛辅卿到了特委，一部分同志则以槎山、徐家冲为基地，坚持革命斗争。8月，盛辅卿从军部回到安北，也不幸被捕，最后壮烈牺牲。

安北起义虽然遭到国民党反动派的镇压而失败，但保存了革命火种。后来重新建立的安陆县委，又领导安陆人民同国民党反动派继续进行新的殊死的斗争。

奔上木兰山

徐海东

当年，我参加黄陂、黄安（今红安）、麻城地区的武装活动，直到后来成为中国工农红军第四方面军的一个指挥员。

北伐时，我已是共产党员，在国民革命军第四军第十二师第三十四团当排长。大革命失败后，党组织紧急通知军队中的共产党员迅速分散，各自隐蔽。得到这个通知，我心情沉重，一时不知向何处去。忽然想起，前些日子一个老乡说的情况，家乡鄂东地区的黄陂、黄安、麻城一带有共产党人活动，农民运动搞得热火朝天，就决心回家乡。我同党小组长胡增欲商量后，便借故离开军营，然后取得党的秘密联络站的同意，装扮成老百姓回到家乡去隐蔽待机。

原来家乡的农民运动搞得挺热闹，蒋介石的反动使这里运动冷下来了，农民协会和共产党人也都转入地下活动。我以窑工的身份，或装扮成农民，以探亲访友的名义，四处奔走，寻找家乡的党组织。真走运，途中突然碰到田道生，在武昌时我们二人同在一个党团小组。他是接受党的指示，回家乡开展民运工作的。他告诉我，中共黄陂县委书记陈金台正在沙口等地建立和健全农民协会，发动群众组织武装，叫我同他一起前去。知道这个情况，我非常高兴，恨不得马上飞去。

第二天，田道生领我去找到县委书记陈金台。一见面，田道生向陈书记介绍说我是共产党员。陈书记看着我点点头，高兴地说："徐海东同志，我知道你当过北伐军，你来得正是时候，眼下我们组织农民自卫军，正缺少懂军事的人呢。"就这样，我领到 1 支手枪和 14 发子弹，到农民自卫军去了。

1927 年 11 月，我正在窑工和农民中组织自卫军的时候，突然接到县委的紧急令："海东同志，黄安、麻城两县的农民已经集结待命，准备攻打黄安城，令你率领自卫军立即赶赴黄安配合作战。"任务紧急，我顾不得考虑自卫军尚未组织好，立即选来几个当过兵的窑工，又找来几个共产党员做骨干，加上自卫军一共 27 人，并赶紧取回隐藏的 7 支步枪，没枪的就拿大刀、长矛，整队出发了。

出发时，天很黑，伸手不见五指，我带着这支临时组织起来的自卫队伍，高一脚低一脚地朝黄安赶。一路走，我一路动员，提高认识，鼓舞士气。好在这 27 人有一定的思想觉悟，又出身于穷苦人家，每人有一段血泪史，所以个个热情很高，脚下好像生了风一样，快步如飞。

一夜紧走慢跑，我们抵达黄安县城时天已经亮了。此时，暴动大军在潘忠汝、吴光浩率领下，拿下黄安城已经两天了，满城红旗招展，锣鼓喧天。

11月18日，更是热闹，全城张灯结彩，人山人海。黄麻起义领导人潘忠汝、吴光浩等利用万人集会之机，举行阅兵仪式，同时庆祝黄安县农民政府和中国工农革命军鄂东军的成立。我作为黄陂县的代表，带领自卫队参加了集会。集会结束后，我到总指挥部去，想打听把我们编在哪一路。副总指挥吴光浩同志要我们回到黄陂去再组织队伍，我便找队里人商量，决定由我一个人带一支枪走，他们26人和7条枪全部留下。我把这个情况向吴光浩报告后，他说："组织队伍要紧，快回。"按照吴光浩的指示，我告别了自卫队的全体伙伴，独自一人奔回黄陂，去完成继续组织武装的任务。

回到黄陂的第二天一大早，我向县委汇报了黄麻起义的情况，将鄂东军副总指挥吴光浩的指示也都原原本本地汇报了。县委很重视，要我按照鄂东军领导人的意见办，并派人同我一道去河口地区组织农民自卫军。

到河口后，我着重了解和动员人，把那些聪明能干、切实可靠的人组织起来，重新拉个农民自卫军队伍。但是，队伍还没有完全拉起来，黄安县城就失陷了。消息传来，我大吃一惊，联想到留下的26个人和7条枪的下落不明，心里很不安宁。

没几天，敌人从黄麻地区"追剿"过来。遵照县委指示，为保存革命力量，我解散了初步组成的农民自卫军，并通知共产党员迅速转移，分散隐蔽起来。

地主操纵的红枪会四处抓人杀人，我东躲西藏，不得安身。有一天，我在外出活动中，碰到两个背着柴火的农民，他们走到我面前，放下柴火，四处张望一下，取出两支枪，异口同声叫道："队长！给你！"原来他们是我留在黄安的自卫队员，我又惊又喜，没有顾着接枪，便迫不及待地打听情况。他们介绍说，留下的 26 个队员被打散了，他们东走西窜，到处隐藏，冒着生命危险把枪保存下来。还说，鄂东军总指挥潘忠汝牺牲了，副总指挥吴光浩率领一批人马打到黄陂地区来了。并说枪是革命的命根子，交还给队长。我看他们急着要走，知道留不下来，伸手接过枪后，掏出自己仅有的两块银圆表示感谢。

身边有一支驳壳枪，加上两支步枪，我拉队伍的劲头更足，只是想向懂军事的领导人吴光浩求教，但不知他在何处，眼下又无机会去找，只得作罢。我依靠一批骨干，结合发动群众建立农民协会的工作，经过几个月时间，终于又把农民自卫军组织起来了。来自各家各户的自卫军人员，白天照常生产，晚上集合出操，枪支不多，绝大多数是拿大刀、梭镖做动作，还是挺有精神的。队伍刚刚拉起来，中共湖北省委和黄陂县委发出指示，举行年关暴动，任命我为总指挥。

鉴于黄麻起义受挫，我感到当总指挥的责任重大，反复想如何才能避免年关暴动的失败。当初黄麻起义有几万人参加，主要领导人又是进过黄埔军校的，结果攻下的城也没守住。自己只不过在正规部队当了几天兵，弄不好会遭遇更大失败。想来想去，觉得心中不踏实，就去找县委书记。书记是个比我还年轻的读书人，我还没有说完，他打断我的话说："海东同志！马克思主义就是暴动的学说，只有暴动才能真正唤起民众，只有暴动才能打出我们的天下，不能顾虑重重，应当有决心，应当有信心！"

那时，我不了解年关暴动是党内"左"倾盲动主义路线的产物，毫不含糊地坚决照办，回到农民自卫军所在地，整编了队伍，赶制了一面红旗，公开提出了打倒蒋介石、杀尽地主豪绅、一切权力归农会等口号，准备年关暴动。

农历腊月三十晚上，我带领队伍冲进段家畈地主吴安德的大院，点起火把，打开粮仓，把粮食分给贫苦农民。又带领队伍到附近几个村庄，先后冲进地主豪绅黄家本、吴玉清等几家大院，打开仓库，把粮食分个精光。当时，过年正愁没钱买肉，吃不上糍粑的农民，听说有人带头暴动，也跟着起来暴动，那些未能跑掉的地主豪绅，一个个被抓起来，游村示众。广大农民群众高呼："打倒地主豪绅！""打倒蒋介石！"霎时，几个村就闹了个天翻地覆。

黄安、麻城、黄陂举行年关暴动，广大农民开心。

这次年关暴动，既然是党内"左"倾盲动主义的产物，那就免不了失败。没有多久，敌人开来1个团，就把我带的队伍冲散了，自己几乎成了光杆一个。

拉队伍又一次受挫折，我没有灰心，领着几个人打游击，准备从战斗中发展队伍，壮大队伍，为党争气。由于遇到多次失败，总想找个懂军事的领导人谈谈。恰巧有一天我碰到一个挑担的货郎，从他口中知道木兰山有一支游击队，领头的就是吴光浩，不觉心里一亮，我没有同他说什么，转身就领着五个人急忙向木兰山奔去。

我们一行数人边走边打听，了解到货郎提供的线索是可靠的，木兰山的游击队是在保卫黄安的战斗中突围出来的，已经编为中国工农革命军第七军，军长是吴光浩。得到确实可靠的消息，觉得更高兴，叫同伴加快脚步，登上木兰山。

这座与巾帼英雄花木兰同名的山，当时来往烧香的人很多，我让同伴找地方休息，缩小目标，避免引起别人注意，自己则单独在庙里转悠，暗中打听。几经周折，终于找到了吴光浩，两人相见，惊喜交加，紧紧握手，半晌说不出话来，彼此又愣了半天，都笑着说几乎不敢认了。

吴光浩比在黄安那阵瘦多了，人显得黑一些，脸上的麻点更显眼，只声音没有变，说话仍然又快又干净利索。他看到我穿一件补了里三层外三层的棉袄，长长的头发散乱不堪，好一阵心酸。他领我到一个偏僻的地方，找了块石头坐下，然后开门见山地说："敌人进攻黄安后，我们拼命反击，打了一次恶仗。因敌强我弱，城被敌人攻破，起义队伍被迫冲出重围，到闵家祠堂集合一看，才72人，53支枪。此后，我们在乡下打了几天游击，受到敌人的追堵，便转移到木兰山来了。"

我正想问话，他又兴奋地继续说："我来木兰山后，很快就听说黄陂出了个'臭豆腐'，派人下山寻访，才知道是你啊。后来又多次派人下山打听你的下落，没有结果。想不到，你今天找上门来了。"说到这里，吴光浩爽朗地笑了。笑声感染了我，我也哈哈笑。

笑声一停，我问他："你怎么想到木兰山的呢？"

"这是开会决定的。"吴光浩说，"我认为木兰山是我的家乡，地熟悉人也熟悉，有很多关系可以利用。再说木兰山庙宇大，远近闻名，来往游客多，可以掩人耳目，保存实力呀！当然更重要的是，有许多像你这样的'臭豆腐'支持啊！"

想不到吴光浩说话如此的幽默，如此逗人，他开心地一笑，我也开心地笑了。

停了一会儿，吴光浩问道："听说你在拉游击队，现在有多少人？有多少条枪？"

我不好意思地苦笑一下，说："快当光杆啦！"

"你打算怎么办？"

"重新干！"

"你准备怎么重新干？"

这一问，我的情绪立即激动起来，把多日闷在心里的话全部倒出来："这些天，我一直在想，闹革命不是好玩的，更不是儿戏。拉扯一支队伍不容易，须知人多不如人少，人少还要人好。往后发展队伍，要慢慢来。真心实意革命的，要！凑热闹的，一个也不要！"

看来，吴光浩知道这是我从血的教训中总结出来的，他不住地点头，表示赞赏。接着从分析黄安失败的教训，谈到坚持木兰山斗争设想，他还提出了进行游击战的十六字方针：声东击西，绕南进北，昼伏夜动，远袭近止。

这十六字方针，使我大开眼界。这是我一年来，头一次同懂军事的领导人谈革命队伍如何打仗的问题，两人越谈越投机，越谈兴趣越浓，不觉天已暗下来，进香的人也都三三两两下山了。

当时木兰山地区的形势也十分严峻，敌人不断来骚扰和进攻，我想向吴光浩学点游击战术，便请求将我和随来的同伴暂时留下来，跟随第七军活动。吴光浩满口答应。从此，我们在木兰山同第七军东奔西走，打了许多游击。

有一天，敌人以重兵围攻木兰山，我们随同第七军冲出重围，吴光浩准备率领部队向黄冈地区转移。这时，我接受他的嘱咐，带领同伴，返回家乡，继续发展农民队伍。

回到家乡，我记住吴光浩"有人才有枪"的话，把自卫军的人员选择好，搞一个精干的队伍，坚持长期进行游击战。办法是："以山为家，昼伏夜动，神出鬼没，打击敌人。"但也视情况，日夜与敌人周旋，大股敌人来，我们钻进山林，小股敌人来，我们瞅准机会，狠狠打一顿，抓几个俘虏，夺几条枪，迅速转移。我从过去的失败和眼下的成功，进一步认识到，人多不如人少，人少还要人好。以后，我不随便拉大队伍，不随便搞冒险活动。当然，军队行动要冒风险，完全避免既不可能，又是不应该的，必要的风险，还是要冒的。但是，必须深思熟虑，反对鲁莽蛮干。坚持这样做，队伍容易巩固发展，尽管发展不快，但坚持了近三年的游击战争，打击了敌人，保存和壮大了自己。

此后，随着队伍的壮大，黄陂县成立独立营，我当营长。不久，又叫补充师，我当师长。赤卫军一直坚持在黄陂县以北地区进行游击战争，不知从哪天起，我那个"臭豆腐"的名没人叫了，却叫"徐老虎"。开始听到我很恼火，什么老虎？我是人！后来有人说"徐老虎"对国民党反动派凶猛，对地主老财不留情，是为穷人打不平的老虎，我心里又很高兴，更积极地带领自卫军主动打击敌人。

与此同时，工农革命军第七军在吴光浩领导下，经过艰苦曲折的斗争，在柴山保地区开辟了革命根据地。遵照上级指示，我率领自卫军到达柴山保。这时第七军已改编为中国工农红军第十一军第三十一师，吴光浩任军长兼师长，辖第一、第二、第三、第四大队。我率部去后，成立第五大队，当大队长。1930 年 3 月，红十一军改编为中国工农红军第一军，第五大队很快正式升级为红军，我当鄂东警卫第二团的团长。至此，我脱掉长袍，戴上八角帽，成为正规军人。

后来红一军改编为中国工农红军第四军，我率领的警卫团发展成为红二师，由参加过南昌起义的陈赓当师长，我被分配到第三十八团当团长。这时，红军已经建立起鄂豫皖革命根据地。后来，成立了以徐向前为总指挥的中国工农红军第四方面军。

走工农武装割据的道路

许世友

1927年8月7日，中共中央在武汉召开紧急会议，结束了陈独秀右倾机会主义在党中央的统治，确定了土地革命和武装反抗国民党反动派的方针。中共湖北省委根据八七会议的精神，制订在黄麻地区进行暴动的计划，并派吴光浩、王志仁等一批军政干部来到黄麻地区，组成中共黄麻特委，统一领导黄麻起义。

11月13日下午，黄麻两县的农民武装拥向黄安县七里坪，会集成了2万余人的起义大军。经过一天的战斗，起义军顺利攻占黄安县城。由于大批军队云集城内，又有不少欢庆胜利的农民群众涌进来，吃住都很困难。第二天，我们义勇队和炮队奉命返回家乡，沿途看到农民们欢天喜地，庆祝胜利，我们也乐在心头，喜在眉梢。但是我没有想到，敌人会马上进行疯狂的反扑。

12月5日夜，国民党反动派任应岐所部第十二军的1个师，突然袭击黄安县。城内军民与敌激战半夜，打退了敌人多次进攻，但县委书记王志仁、总指挥潘忠汝壮烈牺牲。虽然浴血奋战，已经解放了 21 天的黄安县城，仍然重陷敌手。接着，蒋介石又派来大批军队进入黄麻地区，对农民运动残酷镇压，无数革命干部遭到剖腹、挖心、斩首、剥皮、抽筋、火烧、活埋、钉门板等惨无人道的屠杀。在麻城，敌人用机枪一次就射杀了革命群众 600 余人，其状惨不忍睹，令人发指。豪绅地主们乘机拼凑的反革命武装"清乡团""还乡团"，也疯狂地反攻倒算，屠杀革命干部和群众。恶霸地主李静轩派他的"清乡团"残忍杀害了六乡农民协会主席裴玉亭，还有其他不少农会干部和义勇队及炮队人员，因来不及转移也惨死在敌人的屠刀下。

在群众的掩护下，我和十几个炮队队员几次化险为夷，幸免于难。残酷的现实使我深切地认识到躲藏是不行的，唯一的生路是拿起武器和敌人战斗。我和大家商量了一下，决定上山打游击，从此我们便开始了"天当房，地当床，深山密林与敌人捉迷藏"的游击生活。白天转山沟，夜间下山摸"清乡团"的岗哨，袭击土豪劣绅的住宅，处决那些罪大恶极的反动分子。

这年腊月，遇上了历史上罕见的大雪，天气异常寒冷，给我们增加了很多的困难。敌人白天见烟就围，夜间见火就打，我们不能烤火，只好挤在一起互以体温取暖。敌人在加紧搜山的同时，几乎封锁了所有的山垭路口，断绝了群众对我们的联系和支援，妄图把我们困死在冰天雪地中。我们没有吃的，只好将积雪扒开，挖草根吃，有时只能寻觅得一点残留在树上的野栗子、野柿子、拐枣等野果。有些野果已腐烂变质，为了生存下去，我们只好硬着头皮往下吞。我们的头发长得老长，衣服撕成了破布片，更为严重的是长期吃不到盐和米，浑身无力，尽管生活如此艰苦，环境如此恶劣，但没有一个人悲观失望，同志们紧紧团结在一起，互相爱护，互相体贴，哪怕弄到一点野果，都是你推我让地分着吃。

在如此艰难的情况下，同志们团结一心，士气很高，是十分可贵的。但是，我作为领导，不能无视困难，要对大家负责。有一天，我坐在一棵枫树下，寻思摆脱眼前困境的办法。这时，我的堂弟许仕明来到身边说："世友哥，我们得想个办法，找点吃的穿的，要不然，同志们不饿死也得冻死。"

"是啊，我正考虑怎么办才好呢！你我都是共产党员，无论如何要带领同志渡过难关。"我回答说。

许仕明沉思片刻，说福田河东边的袁家河有一家地主，他曾在那家帮过工，对地形很熟悉，建议找地主借粮。我考虑了一下，觉得这是个办法，说："行，说干就干，今晚就动手。"

我们一行十几人，冒着严寒，踏着冰雪，在茫茫的黑夜里绕过福田河，经杜家河，直奔袁家河。至半夜时分，我们十几个人翻进地主大院的围墙，破门而入，地主一家老小突然见我们这些手持武器衣冠不整的不速之客闯进房里，吓得缩成一团。许仕明对老地主说："你不要害怕，我们是共产党的游击队，是来借粮的，只要你答应我们的条件，决不伤害你家一个人。"

地主连忙点头哈腰地说："好，好，鄙人尽力效劳。"

就这样，我们顺利地搞到一些粮食、食盐和衣服。临走时，我对地主说："今后不许你欺压穷人，你每干一件坏事都给你记着，随时找你算账！"地主头点得像捣蒜，一连说了几个"是、是、是"。

我们坚持打游击，敌人恨之入骨，在集镇、乡村到处张贴"通缉令"，悬赏捉拿我，扬言"捉到许世友，赏大洋三百块"。敌人抓不到我，就抄了我的家，放火烧了房屋。敌人的暴行，不仅没有动摇我的意志，相反增加了我对他们的刻骨仇恨，当时我想总有一天会找他们算账，这血海深仇一定要报！

由于敌人的力量过于强大，我们只能钻山林，跟敌人捉迷藏。斗争非常艰苦，但同志们都坚信，只要党还在，群众还在，革命就一定会取得最后胜利。

到了1928年3月，春风又吹绿了大别山，我们的日子也好过了，那满坡盈谷的野菜，破土而出的嫩笋，是我们最好的粮食，明媚的阳光给我们送来了温暖。

几个月来，我们在与党失去联系的情况下四处游击，风餐露宿，经历了千辛万苦。我们越来越感到必须尽快找到党组织，以便得到党的指示。4 月，盘踞在黄麻地区的军阀部队发生内讧，敌十二军撤回河南，黄麻地区只有敌十八军一部驻守，形势略有好转，我们就派人下山，几经周折，找到了党组织。找到了党，我们就像失散了多年的孤儿回到了母亲的怀抱。党支部书记王勉勤告诉我们，鄂东军副总指挥吴光浩率领从黄安县城突围出来的 72 人，转战到木兰山后，积极进行游击战争。鄂东军已改编为中国工农革命军第七军，最近全部从木兰山返回黄麻老区，消灭了七里、紫云等区一些反动民团。这一消息对我们是一个巨大鼓舞，我们立即下山，在地方党组织的领导下，秘密发动群众，与土豪劣绅开展斗争。由于敌人还控制着麻城北乡大小集镇，并经常出来"清剿"，我们只好时而下山，时而上山。

一天中午，在葱郁的山林，我和同志们正讨论如何去找第七军的问题。突然，在树上望风的胡老四压低嗓门说："支部书记王勉勤同志来了。"

"王勉勤同志？"我心里纳闷起来，自从我们同他接上头后，他经常派人给我们送情报或送吃的穿的。有情况时，他派人来联系或我们派人去找他，他自己从未进山找过我们，今天他独自一人进山，一定有什么紧急事情。我连忙钻出树丛迎上去，看他跑得满头大汗，衣服像从水里捞上来的一样，忙问道："老王，有急事吗？"

"哎呀呀，叫我找得好苦啊！跑了好几个山头，没有见到你们的影子，哪晓得你们在这里。"他一边用衣襟擦着汗，一边兴冲冲地说："快下山，王树声、徐其虚同志派胡德亏、周业臣等八个同志来接你们啦。"

"哦，他们在哪里？"

"就在山脚下。"

我们立即随王勉勤下了山，远远看见几个人在一片树林旁等候。我老远跑过去，叫了一声："德亏！"胡德亏也喊着我的名字奔跑过来，四只手紧紧地握在一起，我们俩激动得说不出话来。德亏从怀里掏出一封信递给我，说："我们是奉上级指示来接你们的，这是党代表徐其虚同志给你的信。"

我忙打开信，从头到尾看了一遍，情不自禁地说："走！现在就走……"

还没有等我说完，王勉勤乐呵呵地说："看你急的！今晚到我家去，好好招待你们一番。"拉着我和胡德亏就走。

王勉勤住王家村，到这里已黄昏，晚霞将周围树林镀上一层金晖，飞鸟都鸣叫着归巢了，王勉勤家住在四面环山的山坳里，独家独户，房屋四周一片葱翠的竹林，十分隐蔽。

第二天拂晓，我们便离开了王家村，当我们到达第七军临时驻地时，受到王树声、林柱中、廖荣坤、徐其虚等同志的热烈欢迎，久别重逢，大家格外亲热。王树声一见面就开玩笑说："世友，我们以为你上西天了呢！没有想到你还这样结实。"

我笑着说："上西天？没那么容易。恶霸李静轩花300块大洋买我的脑袋，都没有买去。我呀，福大命大造化大，还想看看共产主义究竟是啥样子哩。"

同志们听了，也哈哈大笑起来。

王树声同我谈话后，把我们十几个人分别编入第七军第一大队和第二大队。当时每个大队下属3个班，每个班十几个人，我被编入第二大队第六班，班长就是胡德亏。从此，我就在第七军转战南北，形势逐渐有所好转。

1928年7月，我们进驻柴山保后，第七军奉命改编为中国工农红军第十一军第三十一师，下辖4个大队，我们原来的十几个人，仍然分别编入第一大队和第二大队。至此，我就成为一名红军战士了，心里特别高兴。红三十一师共有120人枪，队伍人数虽不多，但都是经过残酷斗争考验的优秀儿女，是黄麻起义保留下来的革命火种。

改编后不久，王树声大队长、廖荣坤大队长率领我们两个大队从柴山保开赴乘马岗、顺河等老区开展革命斗争。老区广大贫苦农民见到红军，莫不欢欣鼓舞，奔走相告说，红军就是黄麻起义的队伍，眼下打回来了，救星来啦。我们每到一地，乡亲们都含着热泪控诉国民党匪军和地主武装的滔天罪行，纷纷要求红军向敌人讨还血债。老区人民的血泪控诉，激起了指战员们的满腔怒火，都表示要为乡亲们报仇雪恨。

为了扩大工农武装割据的地盘，把麻城北乡同柴山保革命根据地连成一片，红军投入了惩办土豪劣绅和反动民团的战斗。一个漆黑的夜晚，我们第一、第二大队从50里外奔袭顺河区云雾寨。

这个寨地处通往麻城交通要道，有顺河区的大地主陈实生、彭焱生的"清乡团"把守。寨墙有两米多高，全部用条石砌成，十分坚固，易守难攻。据当地党组织介绍，"清乡团"有50多人枪，在顺河集、料棚一带设卡，任意向群众勒索钱粮和柴火，连只身过路者也要留下买路钱，他们还以搜查为名，抢劫钱财，奸污妇女，谁要是反抗或不满，就被扣上"私通共党"的罪名，轻者被吊打或罚款，重者被关押或处死。对这帮作恶多端的匪徒，附近群众恨之入骨。

我们到达云雾寨外围时，正是寂静的夜里，听到寨内男女哄闹嬉笑，猜拳行令，这说明敌人未发现我们的行动。于是，我们遵照命令，不声不响地接近寨子北门，发现寨门紧闭，廖荣坤大队长快步走到胡德亏班长面前，贴着耳朵低声说："你们班翻过寨墙，打开寨门，注意不要惊动里边敌人，不到万不得已的时候不要开枪。"

胡德亏轻声答道："是！"又轻声说了个"上"字，就领着我们十几个小伙子立即搭人梯，敏捷地向上攀登。越过寨墙，没有发现敌人哨兵，便立即打开寨门，同志们迅速冲入寨内。王树声指挥第一大队把住四面寨门，防止敌人逃跑。我们第二大队在廖荣坤指挥下向一座灯火通明的院子冲去，胡德亏和我冲在最前头。一手推开虚掩着的大门，毫无戒备的敌人只顾寻欢作乐，一见我们和后面跟的人，抱着头往桌子底下钻，桌子挤翻了，杯碗碟盘哗啦啦打得粉碎，酒菜汤饭洒了一地，有的从头到脚沾满了菜汤，真是丑态百出，狼狈之至。这时廖大队长朝房顶"砰"地开了一枪，大喝一声说："不许动！我们是红军，你们被包围了，谁敢顽抗，就崩了谁！"

这一来，敌人被镇住了，有的举手投降，有的作揖磕头，乞求饶命。趁敌人混乱之机，我们迅速缴了敌人的枪，几个亡命徒企图夺路逃跑，被我们当场劈死。不到一个时辰，"清乡团"被我们一网打尽，共缴枪 30 多支，俘敌 40 多人。后来我们才知道这一天是"清乡团"一个头目结婚，正好撞到我们的枪口上了。

消灭了陈、彭的"清乡团"，打通了云雾寨至麻城的交通要道，当地群众拍手称快，红军受到鼓舞。群众拥护部队，部队爱护人民，我们的战斗情绪更高，更加积极打击敌人。有一天，我们奔袭到泗水东岳庙，上级领导得到一个情报，说是恶霸地主李静轩从武汉弄来一批武器弹药，要求我们去段家畈攻打李静轩的"清乡团"。那是一个小雨天的傍晚，部队按照预定的作战计划出发了。我是本地人，熟悉地形，走在队伍前头带路，部队走得很快，于子夜时分到达段家畈外围。这时，云散雨停，月亮露出了亮光。

为了进一步摸清敌情，王树声、廖荣坤命令部队在原地待命，让我和周业成、郑家发秘密进村侦察。我们三个悄悄摸到"清乡团"团部，在黯淡的月光下，发现一个团丁抱着枪，耷拉着脑袋，坐在门槛上打瞌睡。我上去一只手捂着他的嘴，一只手把他往腋下一夹，拎到廖大队长面前。廖大队长低声喝问："你们的人都在哪里？"团丁有气无力回答："都在后院……睡觉。"廖大队长又问："李静轩呢？"团丁战战兢兢回答："他……正在前……前院……摸牌。"

随后，廖大队长叫把团丁押下去，命令我们迅速向"清乡团"冲去。此时此刻，李静轩和几个"清乡团"头目摸牌正摸到兴头上，一见我们提着枪、拿着刀破门而入，一个个吓得目瞪口呆，还没等他们反应过来，刀枪就对准了胸口，他们只得俯首就擒。那些正在睡觉的团丁，也一个个被我们缴械。

这次战斗，我军没动一刀一枪，就全部俘获段家畈"清乡团"30多人枪，敌人从武汉买来的10多支崭新的"汉阳造"和成箱的子弹都成了我们的战利品。

李静轩罪大恶极，我的家乡一带，不知有多少穷人被他杀害，我家遇难，就是他的罪过。仇人相见，分外眼红，我提着大刀，走到浑身发抖的李静轩面前，狠狠瞪了他一眼说："李静轩！还认得我吗？"

他抬头看了我一眼，"啊"地叫了一声，脸上横肉不停地抽搐着，强作镇定地说："许家兄弟，有话好说，有话好说。"

我喝道："哼！你不是悬赏 300 块大洋要我的脑袋吗？老子今天送上门来了！"

"这……这……"李静轩支支吾吾地说不出话来。

这时，胡德亏上去一把揪着他的衣领，怒骂道："你这个喝人血、吃人肉的魔鬼，我们有多少穷人死在你的手里……"

"宰了他！宰了他！"同志们不约而同地喊道。

"拉出去！"廖荣坤大喝一声。李静轩顿时瘫成一团泥。

我和胡德亏上去把李静轩一夹，把他拖到后山镇压了。

我们连打两个胜仗，武器弹药得到了补充，同志们斗志昂扬，求战情绪更热烈。在此情况下，我们乘胜占领了杨泗寨，继而消灭了朱家冲、丁家岗和徐家围子等地的反动民团。不久我们又击溃了麻城国民党匪军 1 个营的进攻，驻乘马岗 1 个连的国民党匪军害怕被歼也逃回麻城。

到 1928 年年底，七里、紫云、乘马岗、顺河等老区大部分地区重为革命势力所控制，党和红军已经在黄麻、光山县边界站稳了脚跟。也是这年年底，中共鄂东特委明确提出了"学习井冈山的办法"，使鄂豫边区的革命斗争，更加坚定地走上了毛泽东开创的"工农武装割据"的正确道路。

以后，随着武装割据的蓬勃发展，鄂豫边区与皖西边区连成一片，建立起鄂豫皖革命根据地，成立了中国工农红军第四方面军。能成为这支举世闻名之军的一员，我感到无比高兴和自豪。

红色黄安*

郑位三

中国共产党成立后，黄安就逐渐有了共产党与青年团的活动。先是黄安出版的《黄安青年》，在党的影响下，开始转载革命消息，抨击反动政治，宣传反帝反封建，提倡新文化运动。之后，《新青年》《向导》《中国青年》等刊物，也越来越多地邮寄到黄安，革命的影响，便日益广泛地深入人心。

1926年秋，北伐军打到武汉，摧垮了反革命的上层统治，革命之声，响遍湖北各地。黄安党团特别支部，随即进入县城。首先，党争取了县教育局的领导地位，支用"至诚学款"，大量开办公费学校和乡村贫民夜校。党通过教育系统，往各区各乡派遣干部，以学校为立足点，扩大革命影响，组织发动群众，清查黄安的义仓及平粜委员会，同管理

＊ 本文原标题为《红色的黄安》，收录时做了适当修改。

义仓及平枭的大豪绅、县参议会的议长李介仁等，展开了斗争。

1927年年初，各乡农民协会蓬勃地发展起来，农民在党的领导下，便很快和地主撕破脸皮，展开了斗争，逼迫地主退租减息、发悔过宣言。正月十五元宵节，各地农民协会展开了大量活动，七里区刘家园等地，把罪大恶极的地主逮捕起来，戴上纸糊的高帽子游街。到了3月，全县已有20%的地区，达到了斗争高潮。

由于农民组织起来得快，地主阶级内部的分化，使他们完全孤立，地主豪绅成了过街的老鼠，人人喊打，远处的反动派又救不了近火，于是跑到河南的反动地主豪绅，便和光山等地的反动地主勾结起来，利用反动的红枪会，向黄安、麻城两县的革命人民进攻。因此，便发生了几万人的军事斗争。黄、麻两县的农民全力动员，手持原始武器，和反动的红枪会厮杀。吴焕先、吴先筹、吴先保等同志，在箭厂河地区办了三堂"红学"（即革命的红枪会），团结组织了广大农民，以红枪对红枪，投入了战斗。

由于反豪劣和打红枪会的斗争，加之群众要求武装，县委的同志深深体会到，党必须掌握一支强有力的武装，特别是以工农为骨干的钢枪队，早在审判土豪劣绅委员会成立之前，县委就利用向地主的罚款，各处零星收买枪支，请铁匠制造来复枪；另外还从教育局接收的"至诚学款"中抽出一部分，找人去武汉买枪，枪买到了几十支，但是没能全部到手。根据这种情况，县委决定，一面继续在本县搞枪，一面设法去武汉运枪。

1927年4月初，省里颁布了农民自卫军条例，允许农民武装的合法存在，这就为我们去武汉运枪，开辟了方便之门。不久，武汉的枪运到，加上原有的，我们共有了70多条枪，这在当时来讲，是一桩大喜事。县里举行了农民自卫军成立庆祝大会，宣布成立了自卫管理委员会。

四乡农民相继武装起来，虽然是一些刀、矛、鸟枪等原始武器，但也有班排的编制，只要一声号令，便可以集结几万人。有一首民谣，生动地描绘了这种情形：

小小黄安，

人人好汉，

铜锣一响，

四十八万，

男将打仗，

女将送饭。

正当全县农民欣欣鼓舞，庆祝审判土豪劣绅胜利的时候，汪精卫叛变，武汉反革命政府宣布解散农会，勒令共产党停止在农村中的一切活动；同时，还发出通缉令，黄安被通缉的共产党员，共92名，第一名就是董必武同志。在反革命的恫吓下，县委一部分意志不坚定的人，借故打听消息，离开工作岗位，剩下的一部分同志，在极端困难的情况下，改选了新的县委，坚守岗位继续领导各区的农民协会，开展减租减息斗争。

农历八月初，武汉国民党省党部委员张国恩，打给黄安一份电报，指名黄安八九人去武汉，参加改组。此时，湖北省党的机关已转入秘密活动，处在白色恐怖下，联络十分困难。黄安县委开会讨论，认为张国恩是董必武同志的老朋友，他的家乡又是黄安，估计不会马上起来反对我们。趁此机会，我们决定派人去武汉看看风向，更重要的是去找党的机关取得联络，接受指示。

我们到武汉之后，很快打听到了党的机关所在地——汉口法租界协和里五号。晚上，我们秘密地找到那里，长江局的负责人罗亦农等同志接见了我们。这时才知道，党正设法和黄安联络。罗亦农同志询问了黄安的情况，接着向我们传达了党的八七会议精神，详细地分析了国内的局势，他说："现在，资产阶级彻底叛变了，小资产阶级动摇不定，为了继续革命，党决定发动两湖秋收暴动，以武装的革命，反对武装的反革命。"罗亦农同志拿出一份鄂南秋收暴动计划（共 17 条，写在一个练习簿上）给我们看，要我们立刻返回黄安，参照鄂南的计划，组织暴动。

这几天，武汉充满着恐怖的景象，反革命的气焰十分嚣张，反革命政府大骂黄安是"赤色县"，骂黄梅是"小莫斯科"。虽然正值中秋节，街面上挂满了月饼招牌，我们已没有心思过节了，大家商讨之后，留下少数人在武汉应付改组，党的主要干部便连夜赶回了黄安。

这时，坚持在黄安的有曹学楷、戴克敏、吴焕先、吴先筹等同志，大家听说长江局有了指示，都很兴奋，立即开会讨论了党的指示，拟定了两个文件：一是转达长江局关于组织武装暴动的指示；一是具体的暴动计划。虽有个别人说，我们只有这几十支枪，打起红旗也经不住敌人两个团，但是，县委的绝大多数同志都满怀热情，充满着信心。有的同志说，俄国的武装革命，从 1906 年到 1917 年经过了 12 年的时间，工人阶级掌握了政权。我们也决心干他十年二十年。有的同志，还以辛亥革命、五四运动等先例做比较，认为我们只要不懈地长期奋斗，革命一定胜利。

可以看出，在当时，虽然没彻底解决红旗打多久的问题，但是，大家都有着长期奋斗的精神准备。这种精神，是极其宝贵的。

暴动开始以后，分散到各区的同志，利用原先打反动红枪会的组织——防务委员会，以庙宇、祠堂为集结点，展开了紧张的活动。这时候，逃出去的地主豪绅，在"七一五"之后，仗着反革命势力，又回来了。因此，各区立刻又卷入捕杀豪绅地主的斗争。每到夜晚，农民自卫队手持大刀、木棍，扛着鸟枪土炮，到处围剿地主豪绅，一度沉寂的黄安，又燃起了革命烽火。

但是，这时由于缺乏政权思想，农民武装起来之后，不仅没有组织政权，也没拿出一个部队的番号，仅停留在打土豪劣绅的意义上。领导上的工作重点，只在基础好的七里、紫云两区（这是对的），没有派人支援其他地区，因此，有些区几乎任其自流，没有普遍发动群众。10月底，敌第三十军1个师开抵黄安，领导上又没做相应的斗争计划，致使斗争暂时停顿下来。

当时，又和长江局党的机关失掉联络，下一步棋应该怎么走，我们拿不出主张。商讨之后，县委决定我与另外一名同志去武汉，向长江局请示工作。县自卫队的汪奠川同志，替我们筹办了11块钱的路费，我们化装到了武汉。还没和党机关联络上，我就病倒在一个朋友家，一连数日，不能起床。几天后，我们和长江局联系上，因听说马上派人去黄安，我便雇了轿子，先行赶回黄安。到家之后我的病更加严重，躺下40多天不能起床。

据后来知道，我回黄安的第三天，长江局便派吴光浩、汪静斋等人赶到了黄安和麻城。他们会同潘忠汝、曹学楷等同志，在七里坪文昌宫第二高等小学举行了会议，批判了黄安领导上的右倾思想，又以七、紫两区为中心，继续领导了武装暴动，在麻城党的武装力量密切配合下，于农历十月二十一，攻进了黄安县城，摧毁了反动的旧政府。

占领黄安县城的第二天，我们便宣布成立了农民政府，推选曹学楷为主席。农民政府明确地提出实行土地革命，推翻豪绅地主的统治，打倒蒋介石，拥护苏联社会主义，反对帝国主义侵略的纲领。全县人民欢欣鼓舞，到处放鞭炮，村村杀猪宰羊，庆祝新政府的诞生。

但是，这时由于对反革命缺乏警惕，没有明确的以乡村为根据地的思想，占领县城以后，就在城里驻了下来。21天后，反革命部队第十二军远途奔袭了黄安，我们的政府与军队仓促撤退，受到了重大损失，潘忠汝同志在指挥突围中壮烈牺牲。

从黄安突围的一部分部队，会同麻城的革命武装，在吴光浩同志统一领导下，上了木兰山，并改称中国工农革命军第七军。

沔城暴动[*]

陈文科

党的八七会议在汉口召开后，中共湖北省委为执行八七会议和《湘鄂粤赣四省农民秋收暴动大纲》的精神，领导全省武装暴动，决定将全省划为 7 个暴动区，沔阳属鄂中区。湖北省委派王平章、肖仁鹄来沔阳组建鄂中特别委员会。为便于工作，又将鄂中分为南北两部分。鄂中南部特委辖监利、沔阳、潜江三县和新堤市，肖仁鹄任书记，邓赤中、熊传藻为委员。邓赤中被派回沔阳工作。

邓赤中回沔阳后，很快就恢复和整顿了党的组织，并于 1927 年 9 月 3 日在白庙凤凰台彭云亮家的东边楼上召开会议，传达八七会议精神，制订沔阳县武装暴动计划，将沔阳划分为东、西、南、北 4 个暴动区，指定了各区负责人，即：东区姜宗望，西区胡幼松，南区刘绍南，北区陈师。会

---

[*] 本文原标题为《回忆沔城暴动》，收录时做了适当修改。

议提出了"开展武装暴动，杀尽土劣，以赤色恐怖反对白色恐怖"的战斗口号。

会后不几天，于9月10日成功地举行了戴家场暴动，打响了鄂中秋收暴动第一枪。此后，一些小的暴动接连不断。9月17日，举行了白庙暴动，杀死土劣徐文清、陆辑武；9月19日，邓赤中指挥向思维发动排湖南岸一带农民，镇压了土劣杨家爱和杨君道父子；10月底，胡幼松领导沔西农民举行了坡子场暴动，镇压了号称"西霸天"的刘昌驷。暴动使国民党沔阳县政府十分恐慌，他们进行疯狂反扑，到处搜捕共产党人和暴动积极分子。再加之我们的一些领导被一个接一个暴动的胜利冲昏了头脑，活动不注意隐蔽，导致沔阳县委负责人娄敏修和共产党员卢先瑚等被捕，关进沔城监狱。娄敏修的被捕使沔阳县失去了一位主要负责人，严重影响到县委工作。

这期间，宁汉战争爆发，桂系军阀部队攻入武汉，盘踞武汉的唐生智部败退湖南。在这军阀混战的形势下，湖北省委适时发出通告说：全省暴动区仍为7个，普遍地发展农村暴动，杀尽豪绅地主，没收一切土地，组织农民协会。鄂中、鄂西都要成为暴动的中心区域。鄂中特委和沔阳县遵照省委和特委的指示精神，决定趁此机会举行沔城暴动，打击敌人，救出娄敏修。

沔城是座古城，历代的县衙都设在这里，城边有城墙、护城河。在当时装备简陋的条件下，可以说是城池坚固，易守难攻。为使暴动成功，邓赤中在白庙凤凰台陈墨香家主持召开各暴动负责人会议，筹划暴动事宜。会上分析了形势，认为敌我兵力悬殊，不能硬拼，只能巧取，决定事先派人侦察，摸清情况，并把侦察任务交给了沔西区书记胡幼松和我。

胡幼松是教书先生出身，长得秀气精干，足智多谋，懂点中医，我们接受任务后，化装进城。胡幼松是扮成看病的郎中，头戴礼帽，身穿长袍，手拿一个铜铃铛。我扮成他的徒弟，穿一件马褂，提一个黑色小药箱跟在他后面。穿过沔城十字街，侦察去县衙和监狱的路线，当我们走到监狱附近时，敌岗哨很严，我们还是大胆往前走，从哨兵面前快步走过，走出六七十米远，不知是谁喊出了抓"赤探"的声音，随后有几个人追赶过来。这时，我的心怦怦直跳，心情也比较紧张，胡幼松急忙摘下礼帽，脱掉长袍，顺手抓了一张膏药把左边的半个脸全贴起来，用一条旧手巾捆在头上，装成一个病人。我也脱掉马褂换上一件半截破棉袄，扶着胡幼松，站在药柜旁，药店老板装着一副给我们抓药的样子。这时，敌人赶来，不但没有认出我们，反而向我们问道："看见两个穿长袍的人跑过来没有？"我灵机应道："看见了，从旁边的小巷向后跑了。"敌人顺着小巷追去，我们趁机出了城。

这次进城侦察，对进攻县衙和监狱的路线摸得比较清楚，但对敌人兵力还弄不清楚，于是又派县妇女协会主席郭凤珍进城继续侦察。郭凤珍的姨父在县衙给县长当厨师，利用这一便利条件，不但可以避免嫌疑，而且还可以获得可靠情报。几天后，郭凤珍回白庙报告，敌"清乡团"已调走，县警备大队外出"清剿"未归，城内兵力空虚。邓赤中认为这是暴动的最好时机，他们又在离沔城较近的王晓苈家召开紧急会议，研究攻城方案，迅速调暴动队秘密向沔城方向集结，决定采取里应外合的战术攻城。由胡幼松、彭国材先潜入城内做内应，邓赤中、叶赤梧、李良贵率队埋伏城外。联络暗号为城头燃起大火。

1927年12月3日下午，胡幼松、彭国材率我们30多个暴动队员，将梭镖、大刀捆在柴火中，分别扮成卖柴、买货、走亲戚的人，从南门柴市场潜入城内。当日夜间邓赤中等人率300多名暴动队员将沔城包围。

这天夜晚，沔城内没有任何异常，各个铺子照常做生意，茶馆里不少人在聊天，面馆一直到夜里12点才关门，热闹了一整天的沔城，子夜后恢复了往日的宁静。

次日拂晓，我们预先潜入城内的暴动队员，干掉了城门的哨兵，敞开城门，在城头燃起了大火，发出攻城信号，火光映亮城墙内外，埋伏城外的暴动队伍从东、西、南门蜂拥入城，呐喊声不绝。胡幼松和我出城将邓赤中带的一路队伍领进城，直奔监狱，用事先准备的一个大铁锤砸开牢门，救出娄敏修、卢先瑚和80多个群众，连"海湖会"的头子邹甲林也放了出来，邹戴着脚镣手铐，一出牢门就破口大骂：

"妈的，老子弟兄没有一个来救我的，还是共产党讲义气，以后一定要同共产党结成好朋友。"

彭国材领李良贵带的一路人直扑县衙，新上任的敌县长胡宝璋晚上在离县衙不远的吴西堂家过夜，听到吼声，急忙跑回县衙，被击毙在洗脸架旁边。廖林基在县衙内找到了县府铜质大印，放火烧了县衙。叶赤梧带的另一路人冲到县改组委员会，杀死了改组委员兼教育局局长刘楚玉。暴动结束后贴了一张布告，暴动队伍迅速撤出沔城，往监利方向走，到几十里外的芦苇荡里吃中饭。

这次暴动历时 3 小时，缴获长枪 26 支、短枪 1 支、子弹 2000 多发，俘虏了国民党改组委员荣延寿、王粟民。同时，还放火烧了城内杜星桥、王道行、李松泉、杨介康、高建镛五个大豪绅的房屋。人民群众作了一首歌谣来庆祝沔城暴动的成功，歌词内容是：

> 暴动队，真可夸，
> 矛子肩上扛，大刀手中拿，
> 全副武装出了发。
> 向前进，喊冲锋，
> 勇敢把敌杀！
> 天刚麻麻亮，沔城就拿下，
> 打死县长胡宝璋，
> 队伍把人查，一个也不差。

民众齐欢迎，端水又送茶。

沔城暴动就像一颗重型炸弹爆炸在敌人心脏，是对国民党反动派在沔阳血腥镇压农民秋收暴动的一次有力还击。它不仅打击了敌人的嚣张气焰，而且为我们壮大实力，建立一支较为正规的军队奠定了基础。

不久，我们又袭击了新沟嘴的常练队，缴枪 60 多支，暴动武装发展 200 多人、100 余支枪，并于 1928 年元旦，在沔西的新王家台组建了中国工农革命军第五军，军长钟德辉（"钟德辉"是鄂中特委的代号，军长实际由肖仁鹄担任），党代表恽代英（未到职，由娄敏修代理），下辖 1 个师，邓赤中兼任师长。由于肖仁鹄对当地情况不熟，并拟去上海向中央汇报工作，娄敏修主要从事地方党的工作，第五军实际领导人是邓赤中。

第五军成立后，便积极开展游击战，打土豪劣绅，烧田契分田地。元月中旬，奉贺龙、周逸群之命，我们在邓赤中、娄敏修的率领下，赶赴监利县下车湾与贺锦斋、吴先洲部会师。在贺龙、周逸群的统一指挥下，参加了荆江两岸的年关暴动。

西乡武装斗争[*]

覃元发

大革命时期和土地革命时期，宜昌县城长江以南一带包括艾家、联棚、长岭、点军等乡（镇），称为西乡。1926 年年底至 1932 年夏，西乡人民在中国共产党领导下，进行了六年之久的艰难曲折斗争，特别是在土地革命时期进行的武装斗争，更是壮举动人。

北伐前，宜昌地区属北洋军阀统治范围。北伐军占领宜昌后，国共两党派出一批干部到西乡，宣传发动群众，开展反帝、反封、反军阀的革命斗争，提出的口号是："打倒帝国主义！""取消一切不平等条约！""打倒军阀、打倒土劣豪绅、打倒贪官污吏，实行耕者有其田！"省农运特派员杨甫到西乡演讲，听的人一天比一天多。

经过宣传发动和组织工作，1927 年 2 月初，我们在西乡

---

* 本文原标题为《艰难曲折的西乡武装斗争》，收录时做了适当修改。

建立了 9 个农民协会。当时点军、黄家、土城一带县里没派人，但也建立了农民协会。在成立农民协会的同时，还成立了妇女协会、自卫军、童子团等。这些组织的任务是：自卫军主要是维护社会秩序，保卫农民协会，开展革命活动；妇女协会主要是宣传发动妇女，开展反封建、反压迫的斗争；童子团除宣传活动外，还禁止打牌、赌博，禁止吸鸦片烟等。

2 月，西乡农运特派员杨甫和东乡（小溪塔一带）农运特派员王幼清取得联系后，组织两地万余农民，手持土枪、棍棒、刀矛，进城游行示威，然后同总工会在铁路坝召开大会，把驻宜昌的四川大财阀杨烂山和土豪劣绅抓到大会上示众，革命声威震撼江城。

5 月，夏斗寅叛变，宜昌的大革命运动遭到严重挫折。夏斗寅的叛军被击溃之后，国民革命军第二军军长鲁涤平率部再次进驻宜昌，省农协特派员吴定臣等随军回到宜昌。县委书记曹壮父率段德昌、张逸凡、易吉光和王天洪等数十人来西乡开展工作，积极发展党的组织，恢复农协和自卫军。这时，在联棚执笋山、人头山人称张大爷、赵大爷的土匪武装抓到农协会员就杀，抓到妇女就弄到山上轮奸。把人抓上山后，贴出告示，限期要家里人交钱取人，逾期就杀掉。为除暴安民，吴定臣等带领西乡农民，在国民革命军的配合下，消灭了这股土匪，缴枪 100 余支，武装了农民自卫军。

1927 年 7 月 15 日汪精卫在武汉公开背叛革命后，鲁涤平在宜昌对共产党人和革命群众进行了大搜捕、大屠杀，宜昌革命形势急转直下，革命活动转入了低潮。

1927 年秋，为贯彻中共湖北省委的秋收暴动计划，县委委员戴熙康以教员身份来到谭家河，以教学为掩护，走乡串户，秘密发展中共党员，建立党的领导核心。11 月，在谭家河求雨包的覃其云家里召开会议，正式成立党组织，会议由戴熙康主持，上面派来的领导人有段德昌、张逸凡、王时崇、易吉光、杨楚桥和王天洪等，姚家、刘家、艾家、干溪等地也派人参加了会议。在举行入党宣誓仪式时，戴熙康领导新党员宣读誓词："严守秘密，服从纪律，阶级斗争，牺牲个人，努力革命，永不叛党。"这次参加入党宣誓的有十多人，会上成立了党支部，由孙选臣任书记，委员有谭志高等。不久，王天洪又在联棚王家台子发展部分党员，建立了组织。在此以前，李士齐等在杨家棚也发展了党员，建立了组织。从此，西乡的革命斗争又在党的领导下蓬勃开展起来，酝酿着更大的革命风暴。

鲁涤平叛变后，在县城工作的同志站不住脚了，有五六十人撤到西乡。他们之中有党的工作人员，也有武装军事人员和工人纠察队等，并带来了部分武器。不久，同西乡农民自卫军合编成"赤卫队"，在西乡发展成员。后由易吉光、戴熙康、杨楚桥等负责，把赤卫队集中到联棚观音洞进行军事训练。没过几天，被坏人告密了，劣绅胡生甫勾结鲁涤平部两个连的兵力来攻打观音洞。在紧急情况下，我们兵分两路突围，冲破了敌军的围歼。

农历九月底，我们又集中到观音洞，计划乘三北公司的轮船向西转移。敌人控制很严，带枪是上不了船的。于是，我们把人分散到小船上，轮船一鸣号，我们的人就一拥而上，包围了驾驶室，断了联络信号，要驾驶员开船，就这样撤走了。敌军派兵追来，船到香溪又遭到当地反动团防武装的伏击，我们边打边撤，牺牲了四位同志。冬天，朱德恒、杨楚桥积极准备武装暴动，又带领部分武装人员秘密回到西乡，把分散在各地的赤卫队员和枪支弹药集中起来，继续组建革命武装。次年春的一天，为了扩大革命武装，弄到枪支弹药，由杨甫、朱德恒、杨楚桥带领赤卫队员，突然袭击劣绅穆自静的家，夺取长、短枪 20 余支。从此，西乡的武装斗争又有了新的发展，革命力量迅速扩大。

大革命时期，潜逃宜昌的土豪劣绅汪宪章、李相柏在鲁涤平叛变后，又回到艾家。他们纠集一批恶霸地主、地痞流氓，组织了一个"富民党"，对革命人民进行反扑，到处捉人放火，敲诈勒索，搞得鸡犬不宁。党组织为了鼓舞群众斗志，打击反革命的疯狂反扑，决定武装暴动先从消灭"富民党"开刀。1928 年 2 月 6 日的晚上，由戴熙康和赤卫队队长杨楚桥率领 120 多个赤卫队员，有的背着土枪、大刀，有的扛着长矛、木棒，从谭家河、姚家坪、胡家坪出发，在鹰子岩集聚。队伍集合后兵分两路行动，一队在杨楚桥的率领下进屋执行，称为执行队；一队由戴熙康率领在外面打包围，称为包围队。首先直奔李相柏的家，队伍一摆开，杨楚桥即上前叩门，声称是汪宪章派来的人，有要事相商。当李相柏的少爷打开门，伸头向外望时，赤卫队员手起刀落，李家少爷一命呜呼，随即赤卫队员一拥而入，在卧房里抓出李相柏就要开刀。杨楚桥说："慢着，死也让他死个明白。"杨前去指着李相柏的鼻子说："我们便是你要斩尽杀绝的共产党人，现在我代表人民处决你这条地头蛇。"李相柏开口求饶时，赤卫队员手起一刀，结果了他的性命。

接着，赤卫队员便向"汪府"拥去，包围了汪宪章的住宅之后，便撞开大门，拥进屋里。开始"汪府"的一伙流氓打手企图顽抗，但见来者人多势猛，吓得龟缩一团。当赤卫队员把汪宪章拉出问罪时，汪直叫："要多少钱给多少钱，只求饶老弟一命。"戴熙康上前说："我们只要你的命，不要你的臭钱。"说罢，宣读了汪的罪状，一声枪响，汪宪章像条死猪瘫倒在地上了。第二天一大早，人们见到河西到处贴着处决李相柏、汪宪章的布告，都奔走相告。西乡的武装暴动取得了初步的胜利，农民群众欢欣鼓舞，无不拍手叫好。

李、汪两个地头蛇被处决，西乡土豪劣绅吓得心惊胆战，惶惶不可终日。特别是穆自静，像热锅上的蚂蚁，东奔西窜，勾结宜昌驻军独立第五师刘和鼎部，积极筹建地方反动武装——保卫团。穆自静到处扬言："只要有了武装，这些共产党便成笼中鸟、网中鱼，就可以把他们一锅煮了……"1928年春，由保董谭子雅召集艾家、五龙、联棚等地保甲长在联棚观音洞开会，招兵买马，准备正式拼凑保卫团。

戴熙康等得知这一情况后，立即派联络员到杨岔路联络站找县委汇报，请求组织力量增援，配合赤卫队奇袭观音洞，给敌人以迎头痛击。县委当即同意了这个计划，并秘密组织60多人渡江，配合西乡赤卫队行动。西乡赤卫队员和农协会员有的装着"插青上坟"，有的扮着"朝香"的人群向观音洞会集。当"插青上坟"的人占领山头，卡住要道时，从城内过江来的60多人，兵分两路，直扑观音洞。"朝香"的人陆续到达之后，指挥员一声令下，队伍迅速包围了观音洞会场，当场打死保董谭子雅、"清乡"委员杨彦伯、团防代表谭启华、保长胡宏弟，打伤十多人。穆自静因未到会，未被抓获，但敌人组建保卫团的阴谋破产了。

西乡的革命风暴，鼓舞了人民群众的斗志，打击了土豪劣绅，也震惊了宜昌当局及国民党驻军。此时，穆自静到宜昌搬来驻军刘和鼎部，同团防一道，组织"清乡委员会"，挨家搜查，捉人放火。一时白色恐怖，笼罩西乡。此时，易吉光、杨楚桥等又转移外地。

4月5日，戴熙康等在谭家河孙选臣家里召开紧急会议，部署撤退转移。会后，戴熙康等准备过江去远安，途经求雨包时，被敌军抓住。戴熙康被捕之后，敌人施用严刑，要他交出西乡党员名册，在审讯时，敌人问："你们有多少党员呀?"戴答:"四万万。"敌人又把抓到的人弄来,要戴指认谁是共产党员。戴说:"他们都是种田的,这些人还不够条件,就我一个是共产党员,你们要杀就杀,以后有人向你们讨还血债的!"在敌人屠刀面前,戴熙康英勇顽强,至死不屈,用生命保护了同志和组织。4月9日,戴熙康同志在谭家河腊树嘴英勇就义,敌人还把他的头割下来,示众三天,心肝被敌人挖出来吃了,尸体抛到江里去了。这次"清乡"抓了不少人。4月29日,在镇川门河滩上枪杀了共产党员孙家廉、谭克勤等人。6月底,又在宜昌珍珠岭(现中山公园)一次枪杀了20多人。

在白色恐怖下,原转移出去的同志,有的困在县城,有的隐蔽在南乡,张逸凡(共青团宜昌县委书记)从敌四十三军搞到一套军装,化装成某部副官,挂着手枪,把需要转移的人化装成民夫。张逸凡以带领民夫搬运物资为名,把人员从宜昌经鸦鹊岭转到宜都。农历五月端午节,张逸凡带出去的人到达宜都县沙道观,趁看龙船的机会,同当地党组织负责人李柏孝取得了联系,里应外合,攻打街河市团防,缴了团防的武装。5月下旬,这部分人又奔赴公安县马家垱攻打了王孝隋团防,团总被处决,武装全被缴械。后来,一部分人找贺龙部队去了,我和一部分赤卫队员又秘密回到宜昌西乡继续进行革命活动。

1928年7月,驻宜昌刘和鼎部移防,白色恐怖稍有缓和。白云鹏、尉士筠、余化之(后叛变)、李玉阶等,以说书、拉车、卖药、做木工做掩护，在西乡继续进行革命活动。这时，"温谈茶社"撤销了，另在"三游洞"设了联络点，联络员是庙里一个青年道人，联系的内容写在火纸上，把火纸卷成筒，借点火转换给对方。

大约在8月底，我参加了"阳夏公馆"会议，领导开会的人姓董，不知叫什么名字，那时党内有一条纪律，开会或会见时，都不互问姓名，也不许问是什么职务，只能按规定的暗号接头。然后，有个姓卢的同志又带几个人，在西乡继续进行革命活动。不久，在宜昌的余化之、李玉阶也陆续回到西乡，发展党员，组织赤卫队，坚持革命斗争。

1929年4月至6月，在艾家保等地发展部分党员。分片成立了几个支部和几个赤卫队，杨岔路设了联络点，河西的杨家棚、七里、姚家、桥河等地也建立了联络点。因为这个时期的工作是比较隐蔽的，国民党县政府多次派特务人员化装成和尚、小商贩到西乡侦察情况，始终一无所获。

1929年秋，叛徒徐葆元由汉口来宜昌，搜捕了交通员邓锡堂。邓在被捕后，亦叛变投敌，并带领稽查人员首先逮捕了宜昌和西乡联络点的联络员陈仁浩、陈光洪、李国秀、王再秀等。陈邓氏到宜昌联系运子弹，也被特务跟踪逮捕。这次被捕的同志有十多人，没过几天就在九码头河坝被杀害了。由于联络点被破坏，交通中断，工作没法展开，负责人余化之、李玉阶、胡学斌去长阳隐蔽，西乡的革命活动再次遭受挫折。

1930 年年初，李玉阶、余化之、胡学斌由长阳返回西乡，党组织和赤卫队、农协得到恢复和发展。根据当时的形势，他们召集西乡的党员、赤卫队员、农协会员在姚家坪开会，打算将赤卫队改编为工农红军，拉到长阳加入贺龙领导的部队。长阳县苏维埃主席李金畲参加了会议。会议中期，长阳来人通知，都镇湾有人叛变，敌区长到宜昌搬兵，务必派人把他处决。会议即组织 20 多人，星夜赶到桥边，将敌区长捕获，当即处决。这次行动，暴露了会场目标，豪绅王汉明派汪品三以卖豆腐干为名上山，探知了集会地点和有关情况。汪下山后，把情报告诉了王汉明，王即将情报告诉了穆自静。接着，穆自静又报告"军警联合团"，敌旅长郭汝栋派出几个连的兵力，配合河西团防，连夜行兵，天刚亮就包围了姚家坪，当场打死蔡开友、汪正耀、聂茂松、汪正兴四人，捕去十多人。尉士筠等人边打边突围，多数人被打散，少数人突围到了长阳，西乡的革命斗争严重受挫。

巴东武装暴动[*]

黄圣绪　谭伦武

　　1928 年 3 月，在中共巴东特支的领导下，我们党发动农民群众，改造、利用"神兵"武装，发动了震动川鄂边境的巴东武装暴动，以假道灭虢之计，一举占领巴东县城，杀了县官，夺了县印，成立了巴东县人民委员会。

　　巴东县属鄂西山区，居长江三峡中段，西与四川省巫山县交界，因南北地形狭长，素有"八百里巴东"之称。在旧社会，反动统治阶级只顾巧取豪夺，根本不顾人民死活。为了求生存，巴东人民世世代代前赴后继，与历代反动统治者进行了不屈不挠的斗争，赋予这块土地以光荣的革命传统。

　　1926 年 8 月以后，北伐战争节节胜利，各县齐心协力，共谋革命大业，积极宣传"打倒帝国主义、打倒军阀、打倒

---

　　* 本文原标题为《杀官夺印——忆巴东武装暴动》，收录时做了适当修改。

土豪劣绅"，开展筹建国民党巴东县党部的工作。1927年春，共产党员张华甫在武昌国民党湖北党务干部学校第一期学习结业后，回到巴东，开展农民运动，以国民党员的身份筹建县党部。与此同时，在宜昌学习的巴东共产党员廖景坤、黄大鹏、陈宗培等也奉党组织之命返回故里，广泛宣传发动群众，创立各种群众组织。在张华甫的领导下，成立了国民党巴东县党部，领导农民运动。正当革命运动轰轰烈烈开展起来的时候，4月12日，蒋介石在上海发动了反革命政变，各地反动势力遥相呼应，也乘机向革命人民进攻。5月，盘踞巴东一带的川军杨森部大肆逮捕共产党员，捣毁革命团体和机关，镇压革命，县长钱纳水也以"袒共"罪名被扣押，巴东县陷入白色恐怖之中。张华甫、黄大鹏、廖景坤、陈宗培、黄亚先等共产党员仍坚持革命斗争，转移到江北乡村继续从事秘密活动。

巴东共产党人转移到江北农村后，秘密发展党员，建立党的组织。1927年冬，建立了中共巴东特支，在西陵建立了党小组；1928年2月成立了中共西陵支部。在秘密活动期间，党的工作一方面是积极发展党员，扩大党的组织；另一方面是积极响应湖北省委、鄂西特委的号召，为准备暴动，派党员参加"神兵"，着手进行教育改造"神兵"工作。那时，由于巴东土匪猖獗，人民为抵御匪患，纷纷组织起"神兵"。"神兵"是一种群众性的反对封建压迫而又带有浓厚迷信色彩的武装组织，巴东的"神兵"势力很大，主要有大刀会、红枪会、白带会、青带会、黄带会等，在巴东江北一带主要是大刀会、红枪会。参加的人员多是受压迫的贫苦农民，他们吞符水，念咒语，烧香拜佛，声称自有神功，刀枪不入。兴山共产党员刘子泉是大刀会神兵首领，与黄大鹏、张华甫交情甚厚，应邀到巴东传教。由于他名声很大，各地群众都踊跃参加，张华甫、黄大鹏等借此机会派共产党员加入"神兵"组织，以改造"神兵"，掌握领导权，使之成为革命的武装力量。黄大鹏亲自在五道垭当大刀会代表，宋文盛在平阳坝当大刀会代表，张明良（张华甫的弟弟）当甘坪大刀会的代表，谭绍武、谭联科分别任牛洞红枪会代表和队长。到1927年底，巴东党的组织已掌握"神兵"2000余人，共产党员曾先后率领"神兵"进攻曾家岭，杀"绑匪"百余人；攻打万户沱时，还生擒了匪首郑顺，为民除了一大害，鼓舞了群众斗志。当时，川军杨森部杨春芳率兵来巴东，他们勾结土匪，打家劫舍，无恶不作，激起"神兵"不满，后杨森乘船东下，至巴东万户沱登岸时，"神兵"群起而攻之，迫使杨森不敢登岸，速离巴东。于是党领导的"神兵"大震声威，为"巴东暴动"创造了条件。

为了筹划武装暴动事宜，黄大鹏利用自己结婚的良机（1928年2月9日），以邀请亲朋好友做客为名，请来巴（东）兴（山）秭（归）地区的共产党员张华甫、廖景坤、宋一陶、武道生、黄亚先等秘密举行了会议，分析研究了党

84

在"神兵"中的工作情况，最后决定，在反动势力比较薄弱、革命基础较好、城防空虚的巴东县城举行武装暴动。巴东党的组织的负责人为落实暴动计划，做了分工，由张华甫负责牛洞区，黄大鹏负责联阳区，陈宗培负责麦丰区，舒启佑负责火峰区，廖景坤和宋一陶在县城负责接应。会后，各自加紧了暴动的准备工作。

1928年3月，高安圻（高元藩）充任国民党巴东县县长。高安圻到巴东走马上任后，便勾结地方贪官污吏、土豪劣绅，以筹措军饷为名，向巴东各阶层人民强征20万银圆，引起民怨沸腾，人民对县政府更为不满。张华甫、黄大鹏等领导人认为，这正是用来发起武装暴动的导火线，于是便立即到"神兵"中去做宣传发动工作。张华甫在甘坪通过"神兵"代表（他弟弟张明良）进行宣传。一次，他对"神兵"说："上面派来个县长叫高安圻，他要在巴东强征20万大洋去做军饷，大家愿意不愿意？如果这20万大洋拿不出来怎么办？"这一消息旋即在"神兵"中传开了，引起强烈的不满，广大"神兵"纷纷要求撵走高安圻，甚至有的就喊出："杀死高安圻。"这时，党组织趁机又明确提出了"打倒土豪劣绅""打倒贪官污吏""建立廉洁政府""革命为穷人"等革命口号，进一步增强了人民群众革命斗争的决心。张华甫等领导人认为，武装暴动的条件基本成熟了，决定在3月17日举行暴动，以两河口为各路暴动队伍的集合地点，选精壮"神兵"300

人作为暴动基本力量,由张华甫、黄大鹏、廖景坤、陈宗培负责策划,统一指挥。

3月17日上午,张华甫、黄大鹏、黄中立等分别从牛洞坪、甘家坪、平阳坝、舒家槽、三下湾等地率领参加暴动的"神兵"300余人,手持长矛、大刀,到两河口会合誓师。当时,收到陈宗培、廖景坤派人从县城送来的情报:"县长单一。(指县城未增兵力)"于是,立即召开誓师大会,张华甫进行了动员,要求服从指挥,保守秘密,行动迅速。誓师后,暴动队伍不顾疲劳,连续行军,一路浩浩荡荡向县城进发。

当队伍行进到县城对岸时,太阳已经西沉,由于廖景坤等早已准备好了渡江船只,暴动队伍顺利渡江。张华甫等先率20人过江,将早已写好的信交给廖景坤设法转给县长高安圻。信中详称此次"神兵"渡江,路过县城,是去后乡打土匪,需在城内住宿一夜。高安圻对日益膨胀的土匪势力正一筹莫展,又见"神兵"人多,都带有武器,无可奈何,只好答应将"神兵"安排到信陵小学驻扎。

当夜,张华甫、黄大鹏、廖景坤、陈宗培、宋一陶等召开了紧急军事会议,布置暴动的行动方案,决定兵分三路,半夜同时行动,实行突然袭击。陈宗培率领第一路,直捣县衙,占领县政府;黄大鹏率领第二路,攻占邮政局;廖景坤指挥第三路,负责肃清城内的土豪劣绅。要求三路暴动队伍出其不意地消灭敌人,占领巴东县城。

三路"神兵"在深夜悄悄地出动了。陈宗培率领第一路"神兵"出信陵小学，抄小路直捣县衙。走在前面的人以迅雷不及掩耳之势干掉了县政府门前的哨兵，暴动队伍冲进了县衙大堂及后院，处死了县长高安圻及科长陈祖庆，夺取了铜质县印。黄大鹏率领的第二路"神兵"包围了邮政局后，处死了邮政局局长兼警察局副局长黄尚清。廖景坤指挥的第三路"神兵"，先直奔团总马哲生的住宅，处决了马哲生，然后分别拘捕了一些土豪劣绅。由于情报准确，地形熟悉，计划周密，行动突然迅速，仅用了两个多小时，暴动便一举成功。

第二天清晨，暴动队伍沿街游行，张贴标语，高呼"打倒贪官污吏""革命为穷人""中国共产党万岁"等口号，并张贴了处决县长高安圻的布告。巴东城沸腾起来了，群众兴高采烈，奔走相告。当天，成立了巴东县临时人民委员会，宋一陶代理主席。为了广泛宣传武装暴动的胜利，扩大革命影响，张华甫、廖景坤、黄大鹏分别去甘家坪、牛洞坪等地召集群众大会，宣传"杀官夺印"的胜利消息。

3月20日，他们返回县城召开了群众大会，正式成立了人民当家做主的政权——巴东县人民委员会，选举张华甫为主席，廖景坤为秘书。人民委员会下设七个股（局）：司法股股长黄亚先、许积善；财政股股长黄大鹏、张家正；军事股股长陈宗培、谭儒念；宣传股股长宋一陶、武道生；建设股股长黄中立；教育股股长宋蓝田；盐局局长黄大泮。人民委员会还宣布废除盐税以外的一切苛捐杂税，保护长江交通和正当贸易营业，这些政策深受广大群众的拥护。为减轻群众负担，只从暴动队伍中挑选了100多名精干人员，由许彬芳、朱先模、舒启佑等带领驻守县城，其余人员动员回家生产。

巴东武装暴动震慑了鄂西敌人，当时国民党川军独立第五师师长刘和鼎与副师长马馨亭分任鄂西"清乡"正、副司令，率军"进剿"巴东。巴东罗溪反动团防头子张家彩为配合刘和鼎部"进剿"，纠集火峰、长峰、平阳、清坪、近圣、南坪、思阳等地团防武装和他们控制的反动"神兵"约2000人联合围攻巴东县城，人民委员会考虑到敌强我弱，坚守孤城不利，主动放弃县城，遂将人民委员会机关和"神兵"武装，撤至群众基础较好的江北东瀼口、荒口子一带。团防张家彩部占领县城，杀害了黄大泮、宋一陶，许彬芳亦被诱捕，后被杀害。

人民委员会撤到江北后，活动于农村。是时，鄂西特委派人来巴东，协助巴东党组织所掌握的"神兵"改编为中国工农革命军鄂西独立第一师，师部设在余家梁子。并联合江北牛洞坪、甘洞坪、平阳坝一带的"神兵"队伍，与"清乡军"和团防武装进行了英勇的斗争，击毙敌副团长王馨荣以下百余官兵，后因敌独立第五师及团防倾巢出动"围剿"，并出示布告，以政治诱降的手段，瓦解"神兵"队伍，致使巴东人民委员会和武装溃散。但张华甫、黄大鹏、廖景坤等领导人仍在巴（东）兴（山）（秭）归边界地区组织革命力量，坚持革命斗争，为建立巴兴归苏区奠定了基础。

红旗飘扬在塔耳岗[*]

陈福初

静山庙位于黄陂塔耳岗地区。静山庙武装暴动的主要组织者和指挥者陈金台，是塔耳岗地区最早的领导人之一。他是我远房的哥哥，是没有上过洋学堂的私塾老师，头脑敏捷，思想进步，有胆有识，能言善辩，在乡亲们中间享有较高的威望。1926年，他参加了江竹青（竹溪）、王健等在黄安、黄陂一带组织的秘密农民运动，并加入中国共产党，后任塔耳岗地区中共第一个支部的第一任书记。北伐军占领武汉以后，鄂东北各县农民运动像雨后春笋一样蓬勃地发展起来。塔耳岗地区的农民协会相继建立，他们在共产党的领导下，捉地主、斗土劣，使那些往日骑在人民头上的地主豪绅威风扫地，低头认罪。

1927年，县委书记曾光荣牺牲，由陈金台继任。在中

---

[*] 本文原标题为《红旗飘在塔耳岗——忆静山庙武装暴动》，收录时做了适当修改。

共湖北省委的领导下，他继续领导农民运动，发展农会组织。到 1927 年 6 月，已建立起 7 个区农民协会，会员达 40 余万，占黄陂人口一半以上。这时，继蒋介石在上海发动四一二政变之后，汪精卫又在武汉发动了七一五政变，取缔工会，收缴工人武装，取消农民协会，抓捕工会、农会干部，屠杀共产党员和革命群众。于是，那些地主、豪绅、流氓又乘机回到农村，向革命群众进行疯狂的反攻倒算，叫嚣要杀尽"穷小子"。外号称为黄陂北乡"土皇帝"的大豪绅陈佐泉，首先在柿子树店办起了民团。接着，陈家嘴、铁石墩、张屋湾、邬家畈、姚家庙等地的地主、恶霸相继办起了红枪会、绿学、黄学、大刀会等迷信武装组织，疯狂镇压共产党员和革命群众，农民革命运动转入了低潮。

为了反击国民党反动派及地主豪绅的反革命屠杀，保护人民生命财产，陈金台遵照党的八七会议精神，号召人民武装起来，以革命的武装去消灭反革命的武装，镇压地主豪绅。首先，陈金台在黄陂沙口一带组织了 13 人的革命武装，即黄陂县农民自卫军，他任队长。1928 年年初，在桥边湾组织了 28 人的农民自卫队，由焦恒田任队长，方德光任副队长，后来逐步发展为赤卫军。

1928 年冬，陈金台在祠堂湾召集了塔耳岗区的党、政、军干部会议，说明当前的敌我形势，特别介绍了湖北各地武装暴动反抗国民党反动派的斗争形势，提出在黄陂举行一次大规模的暴动。经大家讨论，一致同意举行武装暴动以反击反革命的疯狂屠杀，并研究了武装暴动的具体组织准备工作。塔耳岗地区人民群众得知要反击敌人，无不欢欣鼓舞，许多青年农民纷纷要求参加赤卫军。此时，我是农协会员，少共儿童团团长。

1929年3月初的一天，拂晓前，赤卫军团、各乡赤卫队、少先队、儿童团和其他人民群众云集静山庙前大稻场上，儿童团排在大队伍最前排。县委书记陈金台来到儿童团队伍的前面，说："今天是去打大仗，儿童团是后方警备队，你们的任务是马上回到各自的村湾去加强放哨，维持治安，防止坏人乘机捣乱。"儿童团齐声回答："保证完成任务。"接着，陈金台走上临时的讲台，向暴动队伍做了简单的讲话，他说："我们都是为了翻身来参加革命的穷苦人民，为了不再受地主豪绅的压迫剥削，只有拿起武器，用革命的武装去反对反革命的武装，只有消灭地主豪绅及其反动武装，才能真正翻身得解放，才能建立和巩固自己的政权——苏维埃政府，才能顺利地进行土地革命，分田过好日子。"焦恒田对暴动队伍进行简要动员，要求赤卫军团的每个队员要勇敢地冲杀敌人，坚决与敌人斗争到底，我们一定胜利。最后暴动大军一致高呼："打倒土豪劣绅！""消灭反动派！""打倒陈佐泉！""打倒吴铁城！"在一片口号声中暴动队伍出发了。

各乡赤卫军连、赤卫队按预定计划，以迅雷不及掩耳之势冲向陈家大屋陈佐泉的箭楼。此时陈佐泉已带着家小逃跑了，暴动队伍气愤地烧掉了他的箭楼，捣毁了他的老巢。陈金台接着又率领赤卫军向柿子树店进军，强袭陈佐泉办的民团团部，团丁慑于人民武装的声威，不敢抵抗，一个个举手投降。赤卫军缴获陈佐泉从武汉买回来的新"汉阳造"步枪28支，子弹甚多，俘团丁30余人，取得暴动的第一个大胜仗。为了扩大暴动胜利成果，陈金台又指挥暴动队伍兵分两路，迅速摧毁了陈家嘴、新屋湾、姚家庙、喻家冲、方家下湾、邬家畈、椿树岗等地的反动武装组织。由于暴动的节节胜利，红色区域有了很大的发展，河东河西连成一片，先后成立了8个乡的苏维埃政府，区苏维埃政府由祠堂湾搬到了朱家嘴。

武装暴动节节胜利，革命的声势震撼着整个黄陂，敌人被吓得惶惶不可终日。但唯独铁石墩的反动地主田庆昌所办的红枪会极为反动，他依仗着长轩岭驻有国民党军1个营和黄陂县保安团的支持，屡次对苏区进犯骚扰，到处杀人放火，抢窃掠夺。陈金台早就想拔掉这个"钉子"，鉴于当时赤卫军得到了发展和锻炼，而驻黄陂、黄安一带的国民党军第十二军已调走，便决定乘这个大好时机攻打铁石墩。3月中旬的一天，由陈金台等领导人率领赤卫军团以及部分赤卫队，浩浩荡荡冲向铁石墩。由于保密不严，敌人事先有了准备，赤卫军团虽勇猛冲击，但未能将敌人冲垮。后来敌县保安团和长轩岭民团前来增援，形成对我赤卫军团南北夹击之势，鉴于这一严重情况，陈金台当机立断率队撤出战斗。

陈金台等领导人在总结攻打铁石墩失利的原因时，感到主要是对敌情估计不足，特别是对县保安团、长轩岭的民团来得如此之快没有料到，还有就是保密工作没有做好。陈金台等领导吸取了经验教训，一方面加强了情报和保密工作，一方面加强了赤卫军的训练。为了再次攻打铁石墩，从赤卫军中挑选了作战勇敢又有实际经验的队员300余人，组成了先锋队，并准备了步枪和子弹。

4月初的一天，陈金台率先锋队和赤卫军向铁石墩发起了突然袭击，敌人从梦中惊醒，仓促应战，在我猛烈攻击下，反动武装抱头逃窜。长轩岭民团赶来支援，又被我赤卫军堵击。经过激战，民团见伤亡众多，只好撤退。反动地主田庆昌逃窜后，贼心不死，又纠集当地土豪劣绅组织了百人左右的"还乡团"，于4月中旬回到了铁石墩，继续与人民为敌。4月下旬，陈金台又率领赤卫军第三次攻打铁石墩。由于敌人早有准备，又与县保安团、长轩岭民团、鲍家寨地主等结成联盟，互相支援，进攻未能奏效。但是，田庆昌等反动武装，在我连续打击下已是惊弓之鸟。加之，当时吴光浩领导的工农红军在黄安、河口一带打了几个胜仗，威震黄陂、黄安、姚家集、长轩岭一带，敌人惶恐终日，龟缩在铁石墩里不敢轻举妄动。

静山庙的武装暴动持续了两三个月。由于暴动的胜利，我们塔耳岗区苏维埃政权得到了巩固，苏区得到了发展，东与黄安县的八里、高桥，北与磨盘连成了一片，南发展到研子冈、长堰两区，使塔耳岗成为黄陂北乡较为可靠的革命根据地，革命的红旗在塔耳岗地区的上空迎风飘扬！

西湾起义 *

黎化南

我们长阳县，东连宜都（今枝城）、宜昌，西接巴东、鹤峰，古为荆楚通往巴蜀的要津。这里山高水深，地瘠人贫，汉族和土家族和睦团结，但在旧社会深受三座大山压迫，阶级矛盾尖锐而复杂，劳动人民具有反抗暴政的精神，反对封建主义、反对帝国主义的斗争一直没有停息。

1926 年北伐军占领湖北后，陈泽南、龚良鹏等共产党员奉命返回家乡从事革命活动。1927 年 3 月，成立了中共长阳特支，辖 3 个支部，有 20 多个党员。他们还以国民党员的身份，成立了国民党长阳县党部。不久就组建了农会、工会、妇女会等群众组织，并从中选调青年建立了工人纠察队和农会纠察队，开展了打土豪劣绅的斗争，仅一个多月的时间，参加工农革命运动的就有几万人。大革命失败后，有的

---

* 本文原标题为《回顾西湾起义》，收录时做了适当修改。

共产党员和工农运动积极分子被国民党反动派和土豪劣绅杀害了，有的被抓起来了，革命转入低潮。但是，坚定的共产党员并没有被敌人血腥镇压所吓倒，他们转入农村，组织发动群众，机智灵活地坚持斗争。

中共中央八七紧急会议之后，湖北省委决定举行农民秋收起义，划长阳、五峰等县为鄂西暴动区，属中共鄂西特委领导。中共长阳特支根据特委的指示，安排部分共产党员利用各种关系打入国民党军政机关工作，另安排部分共产党员在农村发动群众，恢复和发展党的组织，积蓄力量，长阳的革命力量得到了发展壮大。我就是 1928 年秋在长阳平洛区加入中国共产党的。平洛区秘密组织了赤卫队，开展了反"清乡"的斗争。1928 年冬，共产党员李勋打入国民党长阳县政府，担任了县保卫团副团总和"清乡委员会"委员，掌握了县保卫团常备队 210 多人的武装。李勋还安排姜梦雄等一批共产党员到常备队任职，安排一部分党员在各区建立区团防预备队。共产党员李子骏也打入"清乡委员会"当了委员。流溪区委书记陈泽南，以"防匪保家"为名，建立了 70 多人的人民自卫团，还派人打入"神兵"组织大刀会，控制了四五百人的"神兵"武装。中共都镇区委委员李步云，以建立区团防为名，选调党员和农民积极分子 30 余人，拉起了一支游击队。这三支武装都在共产党的掌握之下，为"西湾起义"做了武装力量的准备。

1929 年 4 月，湘鄂西前委为巩固和扩大鹤峰苏区，决定乘长阳国民党兵力空虚之际，由贺龙率红四军出师长阳，4月25日进驻都镇湾。次日，在茅坪召开会议，参加会议的有贺龙、陈协平、罗正品、陈寿山和长阳的龚良鹏、李步云、姜梦雄等人。龚良鹏、陈寿山、姜梦雄等人汇报了长阳的情况，贺龙听了汇报后，肯定了长阳地区的革命斗争颇有基础，并按中共六大精神，指示长阳要迅速发展革命武装力量，准备伺机起义，并委派陈寿山为前委代表，帮助长阳把武装发展壮大起来；委任李步云为长阳县游击指挥，继续发展游击队，配合李勋、陈泽南等人的革命活动。贺龙的决策，对推动长阳的革命斗争起了极为重要的作用。

贺龙率红四军在长阳游击回鹤峰以后，前委代表陈寿山根据贺龙的指示，于1929年5月上旬，在县城东部的偏岩召开了军事会议，参加会议的有罗正品、李勋、李子骏、陈泽南、向泉山和县委书记龚良鹏。会上，陈寿山传达了贺龙的指示，分析了长阳的形势，最后决定：趁国民党兵力空虚之际，集中全县革命武装力量举行起义，并就起义做了部署。

6月上旬，黄超群回到长阳传达贺龙的指示：李勋为武装起义的总负责人，在战斗部署上要求打县城，占资丘，伺形势发展向桑植靠拢。6月中旬，国民党省政府调来了新县长，名叫方云藻，他不了解长阳的情况，这也是起义的一个好条件。此时，李勋按起义的部署，首先以"剿匪"为名，率保卫团500余人西上资丘、西湾，县城就空虚了。同时，通知陈泽南、李步云率游击队、"神兵"团攻打县城龙舟镇。

6月22日夜，陈泽南、李步云率领人民自卫团和游击队攻打龙舟镇，我参加了攻城。攻进县城以后，处死了县长方云藻和12个土豪劣绅，缴获县政府看守人员的长短枪十余支，从监狱里放出了被关押的共产党员和革命群众40余人，这次攻打县城是武装暴动的一个大胜利，也是西湾起义的前奏。

7月9日，李勋在西湾大沙场主持召开了几千人的军民大会。我作为平洛区农会、赤卫队代表参加了大会。会场布置得庄重严肃，筑有一个讲台，台下有镰刀斧头大旗，会场周围岗哨林立，起义气氛十分浓厚。李勋宣布长阳县保卫团起义，这便是著名的"西湾起义"，与人民自卫团和游击队合并成立中国工农革命军第六军。陈寿山宣布了贺龙的命令，任命李勋为军长，陈寿山为副军长，李子骏为参谋长，陈泽南兼军法处处长，李步云为政治处处长，陈兴垣为军需处处长。下辖1个师，向泉山任师长，师下辖3个团和1个特务营，团长姜梦雄、向高龙、涂龙，特务营营长黄超群，军、师团都授了军旗。全军共1100余人，三四百条枪。

李勋、李子骏、李步云、向泉山等都是土家族人，战士大多也是土家族，所以红六军是我军历史上第一支以土家族为主要力量的工农红军。

红六军成立后，开展了政治、军事整训，部队素质有了提高。整训后，一部分部队会合县委在清江两岸开展了打土豪、惩贪官、开仓济贫、改造旧政权的斗争。有200多个青年农民报名参军，到7月下旬，全军发展到1400余人，使长阳县的大部分地区和五峰边界成为我们的赤色区。

在此期间，长阳县东部的豪绅任金声、邓甲山等集聚团防300多人，狂叫"要与李勋抗争到底"。李勋等人为了打击敌人的嚣张气焰，决定消灭这股团防。7月29日，红六军兵分水旱两路东下沿头溪，首先攻打团防头子邓甲山。7月30日清晨，大雾弥漫，红六军乘雾发起攻击。团防100余人对突然的袭击不知所措，弃枪逃走，团防头子邓甲山翻墙逃跑。是役，缴步枪、土枪30余支，罐子炮2门。红六军首战告捷，在沿头溪打土豪，开仓放粮，发动群众，得到群众的拥护。

平洛区地主、原教育局局长张希之，逃到武汉向国民党省政府报告求援。省政府大惊，即报南京政府，南京政府令张发奎派主力部队迅速"清剿"。张发奎令主力陈风诏团进驻长阳，正遇着只身逃出来的团防头子邓甲山，邓又纠合团防充当陈团的向导，配合陈团到沿头溪攻打红六军。

李勋等得知敌军战斗力较强，而红六军初建，武器装备比国民党军队差得多，决定避敌锋芒，退兵资丘，筹集军饷，移师桑（植）鹤（峰）。

8月5日，红六军进驻资丘。而陈风诏团1500余人，紧追不舍。军部派出侦察员侦察敌情，但侦察员贪生潜逃。陈团分三路包围了资丘镇，居高临下，向红六军发起突然攻击。红六军在无准备的情况下，仓促应战，三面受敌，一面临水，经浴血冲杀，参谋长李子骏当即牺牲，陈泽南、向泉山、向高龙等人率百余人掩护部队突围，当即牺牲20余人，其余因弹尽粮绝而被俘，于8月6日被敌人集体枪杀在资丘烟墩台。李勋、黄超群等40余人，杀开一条血路，突出重围，后转移到鹤峰邬阳关，与陈连振部会合，成立了红六军三十八团。9月，李勋又率领16人返长阳榔坪，拟做"神兵"工作，被叛徒梅孝达杀害。陈寿山率一部到巴东的边界李田窑，被土匪袭击牺牲。

红六军兵败资丘，损失巨大，国民党在全县搞大搜捕，逃回家乡的百余名红军被捕。团防头子任金声、邓甲山在县城一次就屠杀了30多人，已暴露的共产党员和红军家属亦被残害。

五峰与长阳接界的茅坪地区，原来就有长阳县委发展的党员，条件比较好。从资丘突围出来的李步云、姜梦雄在蒿坪一带，又集结了红六军余部200余人，采取昼伏夜出的办法，开展游击战，把红六军的旗帜又树立起来了。9月初，陈风诏团调离长阳，李步云就率领队伍杀回清江两岸，主要在杨柘坪、扑岑、水竹园、茅坪一带打游击，主要是打土豪和团练。人们都说李步云是"猫子队"。我们洛坪赤卫队这时也到茅坪与李步云接上了头。不久，又回到洛坪恢复了活动。

10 月，贺龙得知长阳情形后，决定再次出师长阳，打资丘，攻县城，团防闻风丧胆，县长携款潜逃。到 10 月底，长阳和五峰大部分地区被红四军所控制，红四军司令部驻都镇湾。贺龙在台子村召开了军事会议（前委扩大会），长阳县的李步云、黄超群、姜梦雄、李小成等人参加了会议。会议分析了长阳的形势，决定由李小成负责重建中共长阳县委，成立县农协筹备会，实际就是临时的苏维埃政权，恢复红六军第一师的番号。会后，部队经过了半个月的整训，又增加到 500 余人。11 月 22 日，部队在都镇湾棕木岭召开了 1000 多人的军民大会，红四军的陈协平、王炳南出席了大会，正式成立了中国工农革命军第六军第一师，师长黄超群，党代表李步云，副师长吕镇华（姜梦雄的化名）。下辖 3 个营，第一营营长江勋南，第二营营长张伯鹏，第三营营长张占荣。因为都镇湾时属茅坪区，故此次大会成立红六军第一师，又被称为"茅坪起义"。我就是在这次起义中正式参加工农红军的。

我们这个师共有五六百人，只有几十支枪，其余都是土枪、大刀，装备很差。农历腊月，红四军回师宣（恩）鹤（峰），我们的力量就弱了。此时，任金声、邓甲山联合宜都、五峰的团防来围攻我们红一师，我们先在都镇湾的狭洞岩和棕木岭与团练邓甲山接火，开始我们打胜了，后来敌人用洋枪洋炮猛攻，我们的装备太差，牺牲了几名战士，师部决定把部队拖到鹤峰去。我们走到西湾时，碰到资丘团防伍少卿阻截，李步云带我们1个营打阻击，掩护黄超群率四五百人继续西上鹤峰。当黄超群走到五峰长茂司时，被胡元卿土匪武装打了埋伏，牺牲很大，只有黄超群等少数人突围到鹤峰找到了红四军，副师长姜梦雄突围出来被邓甲山抓住杀害了。李步云带我们打阻击后，从五峰边界撤到蒿坪龙云山，两者合起来还有三四百人，但只有十几条枪，子弹也没有了。李步云还负了伤，但他很坚强，安排战士熬硝制炸药，找铁匠、木匠做罐子炮，我们便以长（阳）五（峰）边界的龙云山为据点，开展打土豪的游击活动，坚持艰苦的斗争。当时部队虽然打了败仗，但中共长阳各级党组织和农民协会没有被敌人破坏，所以，我们在长阳、五峰边界的游击活动一直坚持下来了，战斗力量还得到了恢复和发展，红六军的旗帜仍在长阳上空飘扬。

1930年年初，中共鄂西特委派几名干部来长阳，传达贯彻中共鄂西第二次代表大会的精神。根据指示，将红六军第一师改编为鄂西独立师第三纵队，纵队司令黄超群，政委李步云。李步云和中共长阳县委学习了鄂西党的第二次代表大会精神，在总结前段斗争经验教训的基础上，改变了斗争策略：一方面在赤色区内发动群众，建立递步哨卡，即一个山接一个山地建立联络哨，同时，将部队分成小分队配合农会打土豪劣绅，清理和打击敌人"坐探"；另一方面，派坚定的共产党员打入县保安团，掌握敌情。

春节过后，县团防大队长邓甲山和中队长曾云轩各带一伙团防分途进到都镇湾、十五溪，准备"围剿"我们纵队。曾云轩是我们派进去的地下党员，在县团防行动之前，就给我们送来了情报，使我们做到了"知己知彼"。李步云指挥我们集中力量打邓甲山的埋伏，结果把邓甲山打得大败而逃，还缴了十几条枪，而曾云轩率队来打我们时，我们就边打边退，还故意丢几支枪，造成了打败仗的假象。结果，国民党县政府就撤了邓甲山的大队长职务，曾云轩因"作战有功"，被提拔为县保安团大队长。因为有曾云轩这个重要的内线，我们打了不少的胜仗，部队得到了发展。

1930年3月，贺龙率红四军三进长阳，李步云带200多人跟贺龙到五峰消灭了孙俊峰团防，建立了五峰苏区，留了200多人在县内配合县委建立和发展农会、赤卫队。5月，李步云、黄超群带四五人回长阳，其余人都编入了红四军。他们回来后，根据上级指示，又把部队改编为洪湖红六军第三纵队，当时只有两三百人，武器也不足，黄超群到宜昌请来了"神兵"代表，训练了一支"神兵"武装，对外叫"神兵"团，对内叫先锋队，装备都是大刀，身穿红布衣，头上包的红布幅子，团防都很迷信，怕"神兵"，所以"神兵"团打了不少胜仗。

6月，黄超群牺牲，部队改编为红五十师，师长李步云，政委江山，开始只有500多人，后来因为打了不少胜仗，部队发展到1400多人、500多条枪。国民党郭汝栋部派三四千人来"围剿"我们红五十师，李步云根据敌强我弱的情况，采取了"把敌人放进来打"的战法，红五十师分成若干小分队，白天躲在山林岩洞里，晚上就出来袭击敌人，积小胜为大胜，半个月时间，我们零敲碎打地打死打伤敌军四五百人，缴获长短枪200多支。敌人有个姓袁的团长，到处找我们主力决战，我们就是不跟他打硬仗。结果，他们除了损兵丢枪之外，一无所获地退回宜都去了。

由于红五十师不断地打胜仗，打出了军威，团防不敢进攻，使苏区不断扩大。到1930年10月，正式成立了长阳县苏维埃政府，使东至磨市，西至杨柘坪，南至渔洋关，北至天柱山，都建了区、乡苏维埃政府，长阳苏区正式形成。

1931年年初，红五十师虽然打了不少胜仗，但由于"左"倾路线的影响，部队受了重大损失，师长李步云和政委江山等领导人，在"左"倾路线下蒙冤被杀害了。我后来被编入湘鄂边第二梯队，当了分队长。到1932年年底就下了洪湖，编到红三军，后来就跟着贺龙参加了万里长征。

和我一道参加红军的长阳人约有上千人，幸存的只有我和殷士林、刘楷等10多个人了。我们社会主义江山真是来之不易呀！它是千千万万个革命烈士的鲜血和生命换来的呀！

声势浩大的广济农民起义

周行健

1929 年 10 月 28 日（农历九月二十六），中共黄梅中心县委和中共广济县委领导 4000 多名农民举行暴动，一举攻克县城——梅川镇，并在其后不久建立了革命武装广济县大队，从而把广济县的土地革命推向一个新的阶段。

1927 年 11 月上旬，即黄梅秋收暴动不久，吴致民、周为邦在广济龙坪罗家湾建立了"长江独立第七支部"。12 月中旬，吴致民、周为邦在罗家湾建立了中共广济县委，县委书记刘汝翼。在党的领导下，广济各地开展了大规模的"三杀四抗"（三杀：杀贪官污吏、杀土豪劣绅、杀流氓地痞；四抗：抗租、抗债、抗税、抗捐）斗争，造成了"赤色恐怖"氛围，贪官污吏、土豪劣绅为之惶惶不可终日。

1928 年 2 月，吴致民、周为邦在戴文义村召开会议，做出了发展党组织和地方武装的决定。3 月，周为邦在观音庵组织了有 30 多人、十多条枪的游击队。8 月，周祥麟（后为县苏维埃主席）等在田镇夺枪 14 支。1929 年 3 月，县、区暗杀队成立，由潘丹桂、周祥麟统一领导。9 月 26 日，黄梅中心县委在广济县郑公塔召开蕲、黄、广三县负责人会议，做出了发展党组织、扩大地方武装、成立鄂东游击队的决定。广济县党组织和武装组织在斗争中不断发展壮大，到暴动前夕，全县已建立了 3 个区委、21 个支部，党员达 330 多人。武装组织如暗杀队、游击队的活动范围遍及全县，为大规模的武装暴动奠定了基础。

1929 年初，国民党县政府强迫农民修筑广（济）武（穴）公路，即由梅川至武穴的公路，路长 70 多里，轧农民田地 600 多亩，穷苦农民无辜地丧失田产房屋，真是有冤无处申、有理无处说，有的农民气得黑夜出垸挖路、毁路。特别是大金庙、石佛寺一带农民，受害最深。

4 月，县委召集全县各党组织负责人开会分析形势，认为革命时机成熟，决定发动反修广武路的斗争，以大金、石佛寺一带农民为主，组织破路队挖路，由周祥麟带领便衣武装保卫。8 月，县委发表了《反修广武路宣言》，号召广大农民来参加反修广武公路。

县委领导成员潘丹桂亲自到大金、石佛寺地区进行宣传发动工作。他对群众说："汽车路轧了我们的田，挖了我们的祖坟，政府一不减我们的田粮，二不免我们的杂税，我们怎么过日子？要活，就只有去把那条害人的路挖掉。"他的话在群众中引起了很大影响，大家纷纷去挖路、割电线、锯电杆、烧汽车。

石佛寺地区党的负责人杨少丹带领杨明旺、廖宗太等垸100多人,把杨家林到石佛寺一带5里长的公路全部挖了,并把沿路的电线、电线杆全部毁掉,使公路有一段时间不能通车。

后来,有三辆国民党汽车从武穴开到大金,我和周祥麟立刻带领上周煜、下周煜、周干窑、黑门楼等垸农民蜂拥而上,汽车只好停止。周祥麟拧开油门,放火烧毁了一辆,其余两辆见势不好,逃到县城梅川。

一连串的事件,使负责修路的警察局非常惊恐,局长忙派密探范尔、刘中清和周光先到大金侦察,这三个家伙一到大金,就一头钻进黑门楼寡妇周春枝家摸情况。当日半夜,周祥麟率领便衣武装,闯进周春枝家处死了他们,并把尸体抬到公路上,贴上事先写好的"杀国民党奸细""打倒土豪劣绅"等标语。第二天,附近几十里的群众都来观看,都说杀得好。

没多久,国民党省财政厅巡视员钟利中来广济视察,他的专车开到大金周干窑时,潘丹桂、周祥麟和我率领便衣武装把汽车围住,潘丹桂上前一把拉下钟利中,用短枪击毙。枪毙巡视员的事件迅速往四处传开,群众非常高兴。

国民党县政府见事态恶化,忙派军队沿公路两旁村庄乱抓人,抓了40多人,关进梅川大牢。

为营救被捕的农民,扩大革命声势,县委决定发动群众举行武装暴动，攻打县城——梅川镇。

当时，县城梅川驻有国民党常备队和自卫队共 300 多人，装备好，而我党武装只有几十支枪，要取得暴动胜利，就必须充分发动群众，做好暴动的准备工作。因此，县委负责人都分头到各区，发动组织群众。石佛寺、大金地区的准备工作由宋振东、周祥麟和我负责，东部和花桥、龙坪地区由刘汝翼负责，西部的阳城、田镇地区由李燮如负责。

一天，我和周祥麟来到廖宗太垸做发动工作。修路之前，廖宗太垸因和别姓打户族架被当局抓去了三四十人。这时，我们就用激将法对群众说："还说你廖宗太垸是个大垸场，捉了这么多人，却没有人敢出头去救。"廖兰奇一听暴跳如雷，撸起袖子就要带领全垸后生立刻出征。我和周祥麟又说："靠你一垸怎么行？要打，就要搬动与你们好多大垸、大姓一起去打。"于是，廖兰奇立即派人去廖祥、廖奇、冯秀、胡大、程德云等十多个垸子联系，我们见发动顺利，连忙说："你们不用急，我们去周姓各大垸走一趟，叫他们也来帮一把，联系好，我们派人通知你们。"

正当暴动的准备工作顺利进行时，出了件意外的事情。10 月 25 日，县委通信员陈德永带着县委书记刘汝翼的亲笔信，去插箕垸通知当地党的领导人陈宗瀚，令他赶紧抢修枪支，准备暴动。路过大金铺时撞上了国民党自卫队，不幸被捕，信件落入敌人手中，暴动计划暴露了。县委立刻召开紧急会议，决定将暴动时间提前，打敌人一个措手不及。

1929 年 10 月 27 日晚上，全县各地农民约 4000 多人迅速赶到大金庙，带来了四五十条枪，廖宗太垸农民还搬来了两门土炮，绝大部分人带的是刀矛、鸟铳。由暴动总指挥潘丹桂做战前动员，他说："同志们，农友们，我们马上就要到县城去打贪官污吏，解救被捕的父老乡亲，我们都是穷人，只有打倒土豪劣绅和骑在我们头上的反动派，才能有好日子过……"讲完话，暴动队伍便沿着公路向梅川进发。半夜，东边、西边和中部的暴动队伍在梅川城下会合，决定兵分三路攻打。第一路由潘丹桂指挥，从桑梓园、仁寿桥攻打东门；第二路由我率领，从文昌阁挺进西门；第三路由周祥麟负责，从冬瓜山戴家畈进逼南门，故意留着北门围而不攻。早上 5 点多钟，潘丹桂一声令下："开炮。"

"轰！轰！"两声炮响，总攻开始了。

这时，土炮声、枪声、鸟铳声、攻城农民的呐喊声响在一起，山摇地动。守城敌军摸不清来了多少人和枪，乱打了个把时辰，便吓得从北门夹着尾巴溜走了。

城门打开后，暴动队伍迅速冲进县衙，将红旗插在楼顶上，砸开监狱，解救了关在里面的 40 多名毁路农民和三四十名被关押的群众，但共产党员陈德永却被敌人杀害了。陈德永同志的牺牲更激起了暴动农民的无比愤怒，他们在县城四处捉拿坏人，来不及逃走的反动官吏一个个束手就擒，暴动队伍把当中 28 个罪大恶极的反动官吏押到陈德永烈士身边镇压了。这时，一个化装成农民模样的人想从仁寿桥溜走，被杨山赤卫队员吕光锡认出，经审问，得知他就是杀害陈德永的刽子手。愤怒的群众冲上去，乱刀把他剁死了。

天亮后，梅川百姓纷纷烧茶、送饼子慰劳暴动队伍。梅川商会见暴动队伍纪律好，对商民秋毫无犯，送来了几千块银圆，潘丹桂命令我分发给众人，每人两块。由于徒手人多，又是初次临阵，有的人胆怯，在攻城后就先走了，银洋没有发完，潘丹桂叫我交200块给陈宗瀚，要他转交陈德永烈士家属，表示哀悼。

早饭后，我们就退出了县城。这次暴动，赶跑了敌人守城部队和自卫大队，缴枪20余支，镇压了一批反动官吏，大长了农民志气，扩大了革命声势。暴动后，县委及时选拔参加暴动的党员和农会积极分子，组建了广济县游击大队。

红十五军诞生在鄂东南

陈金钰

红十五军的诞生地——我的家乡鄂东南地区，是一个具有光荣革命斗争传统的地方。1927 年春，武汉成为大革命的中心，鄂东的农民运动风起云涌，蓬勃发展。蒋、汪先后发动四一二、七一五反革命政变，各县党组织和农民运动遭到严重破坏，但英雄的人民并没有被吓倒、被征服。

1927 年 8 月 7 日，党中央在汉口召开紧急会议，决定以武装斗争反抗国民党的屠杀政策，号召各地举行秋收起义。9 月，中共湖北省委派周为邦、吴铁汉到鄂东南的蕲（春）黄（梅）广（济）地区，恢复党的组织，领导农民开展"三杀四抗"斗争。并在黄梅县大河铺、广济县大金铺等地组织武装暴动，组建了十多个武装小组，昼伏夜行，出没无常地活动在广济东南乡和黄梅西乡等地，并发展为一支 60 多人的游击队，有力地打击了土豪劣绅的反革命气焰，鼓舞了人民群众的斗争热情，革命烈火越烧越旺。当地反动派纠集了国民党军队和各县的民团，于 1929 年 2 月向鄂东地区的党组织、游击队和人民群众进行疯狂反扑，认为"可疑"的人就抓，不问青红皂白就杀，到处是一片白色恐怖。鄂东军委书记周为邦和一些县委、区委书记先后被捕牺牲，党的各级组织又一次遭到破坏。刚建立不久的游击队受到严重创伤，有的赤卫队被迫解散，蕲黄广地区的革命斗争进入了新的困难时期。党组织适时改变斗争方式，把游击队化整为零，分散活动，保存了革命火种。

1929 年 8 月，由鄂东特委书记兼大冶中心县委书记吴铁汉主持，在广济郑公塔召开蕲黄广三县书记会议，决定大力发展党的组织，扩大革命武装，以"赤色恐怖"粉碎敌人的白色恐怖。会后，重建了鄂东游击队。9 月底，在广济县委书记刘禹益和苏维埃政府主席解朗辉等同志领导下，广济县成立游击大队，首先从抗修广（济）武（穴）公路斗争开始，随后在大金铺、草鞋岭组织了 4000 余人的武装起义，占领县城，夺取敌人武器 40 余件，武装了游击队。从 12 月开始，刘禹益等组织全县人民，在游击队和赤卫队的配合下，开展了声势浩大的年关暴动，取得辉煌战果。在这次年关暴动中，我们缴了团丁的武器，分了大地主陈同茂家里的粮食，大杀了他的威风，吓得陈同茂躲到外地不敢回来，使群众兴高采烈地过了个好年。到 1930 年春，鄂东游击队在赤卫队的配合下，先后打垮和消灭了各地的反动团防。多次打开地主的粮仓，接济贫苦农民，赢得了群众的拥护和支持。各级苏维埃政府也由秘密转为公开，积极领导人民打土豪、斗地主，使革命烈火燃遍鄂东大地。在斗争中，鄂东游击队也发展到 200 多人，成为一支颇有影响的武装力量。

1930 年四五月间，彭德怀同志领导的红五军第五纵队，由纵队司令员李灿率领，由赣入鄂，从黄石、阳新一带过长江到鄂东地区活动。6 月返回江南，攻下了保安和大冶县的下陆。接着，又在游击队的配合下，攻占了大冶刘仁八，消灭了国民党部队 1 个团，缴获大批枪支弹药。随后，根据党中央的指示，红五军第五纵队扩编为红八军，下辖 3 个纵队，三四千人，军长李灿，政治委员何长工。因李灿同志赴上海养伤，由何长工同志代理军长。红八军组建后不久，奉命随彭德怀同志领导的红三军团南下攻打长沙。7 月初，原红五军、红八军留守人员和鄂东游击大队，合编为红八军第四纵队，共 600 余人；赣西北九江中心县委从各县抽调 500 名游击队员，组成了红八军第五纵队。红八军第四、第五纵队组建后，即渡江北上，在蕲黄广地区积极开展对敌斗争。红军过江后刚进至广济县大金铺草岭地区，敌郭汝栋部 1 个营和 200 余名团防即向我发起进攻。我第四、第五纵队在鄂东游击队和赤卫队配合下，歼敌大部，俘获 200 余名，缴枪 150 余支，接着又攻打了周笃和六村的反动团防。

六村是广济县地主武装的一个顽固堡垒，号称"小金汤"。它地处城塘湖、连城湖、万丈湖之间，四面环水，与外界仅有一桥相通，易守难攻。盘踞在这里的反动团防首领董岳明及其儿子、反动区长董玉珍，经常驱使民团，到处烧杀抢掠，无恶不作，群众对这伙坏蛋恨之入骨，都希望早日拔掉这颗钉子。过去，广济县赤卫队虽攻打数次，但均因势单力薄，未能拔除。敌人反而越发嚣张，更加肆无忌惮。

9月下旬，我们打完周笃就马不停蹄地赶到六村外围，旋即在县赤卫队的配合下，向这个反动据点发起猛攻。战斗从清晨开始，激战半天，便攻克了这一反动堡垒，全歼了地主反动武装100多人，活捉了反动团防首领董岳明等，还缴了七八十条枪。我们刚打扫完战场，正吃午饭，忽听侦察员报告说，从龙坪方向过来1个连的敌人，可能是来增援的。我们的指战员刚打了胜仗，劲头足得很，一个饿虎扑食，就把敌人这个连歼灭了，敌人的增援成了陪葬。六村的反动据点被拔掉以后，周围群众人心大快，喜气洋洋地欢庆胜利，许多青年农民纷纷要求参加红军，出现了不少父母送子妻送郎的动人情景。当时，广济、黄梅各有2个游击中队编入第四、第五纵队，花关桥、大金铺等地有一批赤卫队员踊跃参加了红军。

六村战斗后，我第四、第五纵队又进行了童司牌、小溪、潜河、大河铺、石头嘴、新屋嘴等大小战斗，曾两克广济县城，一度收复英山。这给当地的反动势力以很大震动，使鄂东的工农武装割据日益巩固和发展。

1930年9月底，为适应革命形势发展和对敌斗争需要，根据党中央的决定，在黄梅县考田镇和两河口成立了红十五军，它的基础是红五军、红八军各一部和鄂东、赣北游击队，蔡申熙任军长，陈奇任政委。这两位领导同志都是黄埔军校一期的学生，参加过南昌起义、广州起义和湘南暴动，有卓越的指挥才能和丰富的斗争经验。全军编为第一、三团，每团辖第一、三营，加上军部特务营，共 2000 余人。一团团长查子清、政委李溪石，三团团长黄刚、政委陈西，都是共产党员，打过许多胜仗，智勇双全。召开成立大会那一天，全军上下欢欢喜喜，当地苏维埃政府和人民群众纷纷前来祝贺，送来了大米，抬来了杀好的肥猪，还有不少鸡鸭鱼蛋。蔡军长在大会上慷慨激昂地说，在中国，劳动大众要翻身得解放，过好日子，必须靠共产党，靠武装斗争，建立人民军队。今天，我们红十五军正式成立了，它象征着我们党领导的武装力量又壮大了。别看我们都是些"煤黑子""泥腿子"，也不要小看我们手中的大刀、土枪，我们是工农的队伍，人民的武装，是志同道合的阶级兄弟，只要一心跟着共产党，我们的力量能移山填海，我们的队伍会越战越强，大刀、土枪也一样打胜仗。他的话激励着每一个指战员，全场不时报以热烈掌声。会后，全军会餐。晚上，群众还特意给我们演出了丰富多彩的家乡小戏，有《送郎当红军》《妇女歌》《庆祝苏维埃成立》等。

红十五军创建以后，转战鄂豫皖边区，进行大小战斗数十次，比较著名的有攻占宿松、偷袭张家榜等战斗，歼灭和俘虏了大批敌人，缴获了许多枪支弹药，部队不断发展壮大。1931 年 1 月初，红十五军完成内线配合作战任务，遂向外线转移，进抵商南。1 月上旬，我们在商城县长竹园、麻城县福田河与红一军胜利会师，正式合编为红四军。之后，又扩编为红四方面军，开始了新的战斗历程。

大冶兵暴

程子华

    1927 年 12 月 11 日，我在叶剑英同志领导的教导团参加了广州起义。起义军撤出广州后，在花县休整，进行了党的会议，决定成立中国工农红军第四师，到海陆丰苏区和彭湃同志领导的农民运动相结合。然而，由于敌人的"围剿"，再加上那时不会打游击，海陆丰根据地失败了。我是"外江佬"，不会说本地话，在这里站不住，当地同志决定把我送出东江。他们给了我一些银洋，给我买了张火车票把我送上了车。

    我乘火车到汕头，从汕头乘船又到上海。我在上海碰不到熟人，无法找到党。身上只剩 4 元钱了，这时上海的白色恐怖比以前更猖狂，在上海不能久停，我决定回山西解县老家去找党的关系。路费不够，只好坐轮船和火车不买票，坐轮船不敢坐外国船，如被查出来，可能被推入江中。我坐中国的招商轮，没买票怕船方要搜身，就把仅剩的 4 块钱绑在腿弯里。到了南京，坐上可以不买票的津浦铁路的货车去到徐州，转乘陇海线的火车。但当时冯玉祥统治河南，无票不能乘车，我只好沿陇海路徒步西行。

我在国民师范时是短跑运动员和足球运动员，又经过了一年多艰苦的军队战斗锻炼，身体好，每天可走150到170里，因为身上钱少，吃饭不敢吃饱。我一直走到河南西部的会兴镇才渡过了黄河，到了山西的平陆县，越过中条山，当天下午走到解县的盐池边，等到傍晚才敢进城。恰巧在东城门洞里碰到我小学和国民师范时的同学刘开化的父亲。我就跟着他去到他家里，得知刘开化在一个月前被捕，已被押送去太原，他弟弟和西王村的李世德都跑到西安去了。我在他家吃了顿晚饭才回来，见到了妈妈和妹妹，有两年多她们不知道我到哪里去了，现在回了家，大家都很高兴，但她们又很害怕，因为住的是别人家的房子，院里有邻居，当时到处都在抓共产党，怕漏了风声，没敢在家里住。

第二天晚上，我到外祖母娘家的舅舅那里打听消息，他说："国民党的县党部和县政府正合在一起抓共产党。"事情明摆着，家里待不住，党的关系更找不着。家里人说："到河南南阳县去找在国民党部队里当军医的大哥去吧。"第三天快黎明时，大舅送我出西城。我又越过中条山，渡过黄河到会兴镇，坐火车到驻马店下车，去找在南阳县岳维峻南路军当医生的大哥。真不巧，大哥去了襄阳、樊城一带，只好在南阳先住下来。这时冯玉祥为统一河南，派韩复榘和

119

石友三的部队从北面南下，要赶走岳维峻部。岳维峻的部队从南阳向东撤，我就跟着他们走。有一天，又走到驻马店车站，我正坐在一张凳子上发愁，突然一个军官来到我面前，问我到哪里去，原来他是武汉军校的同学郭炳，山西静乐人，也是个共产党员。我不了解他别后一年的情况，没有暴露身份，只说大革命失败后，我回山西老家，阎锡山抓共产党，我是到南阳找大哥，大哥去了襄樊未找到，随部队东撤，现在没地方去。他要我到他家里，我问他："你们这里也抓共产党吗？"他说，他们部队不抓共产党，我这才把自己一年多的真实情况告诉他。后来他对我说："岳维峻部在确山县的孟宗鲁营，副营长周凯、政治教官张维琛、书记长赵品三都是共产党员，现在还缺个营部副官，你去当副官怎么样？"我说："去！"我从这时起把名字改为程子华。这样，我第三次找到党的关系。

岳维峻的南路军前身是西北军胡景翼的国民军第二军，大革命初期，这部队曾接受一批共产党员去工作，刘天章烈士曾是我党在这部队里的党组织书记。这个部队的多数官兵曾受到过大革命和我党政治工作的影响，大革命失败后党的组织还秘密地保存着，在山西被阎锡山通缉的太谷铭贤中学的张维琛、赵品三逃到这个部队，都隐藏在这支部队里。我初去时在营里当副官，部队退到安徽阜阳后，到该营三连三排当排长。我们这些共产党员在这支部队里做秘密工作，党的组织逐渐发展，到1929年夏，已有十四五个连队有了党的支部，共有党员 70 多人。岳维峻部是地方军阀部队，不像蒋介石的嫡系部队那样积极反共，也缺乏反共经验，它的官兵之间有着浓厚的乡亲和老部属等旧关系，我们利用这些和他们交往，并建立朋友关系，教育他们接受新思想。我们逐步地团结同情者和进步分子，使党的影响深入士兵和下级军官。更为重要的是，那时我们是在中央军委直接领导下工作的，当时周恩来同志兼中央军委书记，聂荣臻同志也在中央军委工作，直接和我们联系的是石仲伟同志。通过石仲伟，我们可以随时得到周恩来同志的指示。

1928 年冬，蒋介石为了兼并异己，将岳维峻部调至江苏淮阴地区，并且把这个有五六万人的部队缩编为新编第一师，把一些军官遣散降职，由黄埔军官代替，我所在的营缩编为连，营长孟宗鲁为连长，留我当排长，还有许多排长降为班长。编余的老军官领不到遣散费，士兵和下级军官生活艰苦，普遍憎恨蒋介石。这时中央军委指示我们坚守阵地，官兵思想动荡不安，对我们有利。蒋介石为进一步排除异己势力，于 1929 年初，又调岳维峻部到武昌南湖整训，借口岳维峻反冯玉祥不力，撤了他的师长职务，代以曹万顺。曹又带来了一批黄埔军官，又换掉了大批老军官。老军官和士兵对曹的排挤、歧视、高压更加不满，反蒋、反黄埔军官的情绪迅速滋长。我们营里连以上军官，包括营长孟宗鲁，都换成了黄埔军官，我党党员又有一批被迫离队。这时，中央军委派人带来指示，要我们精干隐蔽，积蓄力量，把党的组织保存下来，坚持工作，等待时机。

军官中的党员负责人只剩下我一个人了，原旅部党的负责人季步高把团里各连党员交给我单线联系，我着手整理部队里剩下的党组织。全营3个连长，数六连连长阎兆祥吃得开，他是团长的亲信，说话很管用，又和我是小同乡。他连里的班长和我很熟，他想利用我拉拢这些班长，我也乐于和他搭这个关系。我所在的五连连长是个昏庸无能的人，什么事都要看阎兆祥的眼色。七连连长是黄埔四期生，山西芮城人，和我是邻县，我就利用同乡关系和他搞得挺近乎，这样就巩固了我的公开地位。二排长是黄埔五期的，湖北黄梅县人，性格比较温和，是营长的人，和我关系不错，后来参加了大冶起义。

1929年夏，张发奎部在宜昌、沙市一带反蒋，蒋介石派新编第一师去应战。先头部队一、二、三团进到鄂西，遭到张发奎部在宜昌、沙市一线的长江两岸伏击，被迫缴械，等到后续部队四、五、六团赶到，张发奎部已向南撤走。当时四团、五团驻宜昌、沙市地区，六团驻秭归，我这时在六团二营五连当三排长。当这次部队开拔前，我们党组织已经制订了个兵暴计划，组织了起义司令部。现在部队既已遭受重大损失，又驻扎到了洪湖根据地附近，增加了发动兵暴的有利条件。正在这时，旧军官五团团长王俊杰为个人目的，想以老军官身份，利用部队的不稳定状态实行哗变，拖走部队。这样，这支部队处在了走实行兵暴当红军的道路还是继续走旧军队老路的十字路口。按当时的情况来说，以我们党在这支队伍中已有的力量，充分利用部队中反蒋、反黄埔军官的情绪，把部队拖出去，至少拖走一部分，与活动在洪湖的贺龙同志的红军会合，是很有可能的。但是，这个唾手可得的胜利，却因指导上的一着失策而失掉了机会。党组织负责人耿卓吾和季步高看到王俊杰想搞兵变，因他在部队中有一定影响，打算和他共同行动，却没有认清和警惕这个敌人，轻率地对他讲了"兵暴当红军"的主张。王俊杰发现他俩是共产党员，就抢先杀害了耿卓吾、季步高，也杀了一批黄埔军官，发动宜昌兵变，拉走了四团和五团。我们六团奉命乘船从秭归开往宜昌，船到宜昌江心，蒋介石的"威胜号"军舰已在那里严密监视，我们在船上被缴了枪，徒手上岸。这时我才知道王俊杰已经拉起队伍走了。我们六团被监视着在宜昌驻扎了一星期，徒手乘船回到汉口的硚口兵营，改编为独立十五旅，旅长是唐云山。新一师未被张发奎消灭的部队加新兵编为一团，我们团改为二团。由于王俊杰兵变时有个口号是杀黄埔军官，蒋介石更找到了撤换老长官的借口。他们说："这个队伍是土匪底子，长官全靠不住。"来了个彻底换班，把全部排长以上的老长官都换为黄埔生。

我们连的二排长是营长的亲信，黄埔五期毕业，思想还进步，他和我关系好，我没有敢说自己是武汉军校的学生，只说是阎锡山的学兵团毕业的。他们认为阎锡山是封建军阀，我只是学了军事技术，思想政治上落后，是知识分子，不是土匪出身，二排长把这些情况反映给营长，于是我成了留下来的唯一的老排长。因为这个营的班长没有换，是老底子，其中还有几个是党员。有的班长虽不是党员，也因我是仅剩的一个老长官，都对我好。根据这种情况，党组织进行了研究，确定用交朋友的办法，秘密地争取和团结党外士兵中的同情分子，慢慢地积聚力量，以便在条件许可时组织兵暴。我又与被迫离职、在武昌一个小学当教员的赵品三同志秘密取得了联系。正好在这时，由何长工、李灿率领的红军第五纵队来到鄂东南活动；这里的地方党创建了根据地，并建立了红十二军，也在积极活动，使这一带的斗争开展得轰轰烈烈。

10 月初，上面传下命令，要我们二团的一营和二营开到阳新、大冶一带去打红军。我连忙去找赵品三同志商量，我俩经过商量，认为共产党员手里的枪不能打红军，这是个好机会，应趁机把队伍拖出去当红军。我俩还约定了与地方党联系的办法。说也凑巧，就在这时，党中央派石仲伟等同志到汉口来找我，我把情况向他们报告了，他们也同意趁这机会把队伍拉出去。当时决定由石仲伟去中央军委报告，赵品三、郭子明等同志到鄂东南去与特委、红军取得联系，联系好后到大冶城内找我。不几天，我们团开到大冶一带，一营驻阳新、二营驻大冶、三营驻江北的团风，这几个地方出城不远就是革命根据地，条件比武汉有利多了。一个多月后的一天，被裁减的党员刘振山同志偷偷来找我，他是中央军

124

委派来向我通知党的决定的。中央军委指示：兵暴采取"里应外合"方案。刘振山在传达指示后问我："打算怎么办？"我问他："外面的情况怎么样？"他说："外面都联络好了，红军可以全力配合。"我说："那就干！"我们俩研究了里外配合的细节。关于起义的时间，原想定在 12 月 11 日广州暴动纪念日，以纪念广州起义。但是红军离县城远来不及，可是又怕动作迟了发生变故，就确定在 12 月 14 日晚 12 点。我们规定了暗号：左臂绑白手巾，约定到那天半夜时，城里开始行动，红军在拂晓时攻城，里应外合，拿下大冶城。

刘振山回去联络，我们就在党内外紧张地活动起来，准备起义。14 日晚，正好下雨，天黑漆漆的，对面不见人。晚 11 点半，我悄悄起来，集合了本连的党员和各班班长，把情况讲了讲，就派出几个同志去收拾连部的人。他们正在睡大觉，我们一枪未放，干净利落地把连长、排长、司务长、文书一个个从被窝里拖出来，嘴里塞上东西，绑到住处院子的柱子上。只有二排长没有被逮捕，我把他叫醒，对他说："我今晚要把队伍拉出去当红军，咱俩相处不错，我们不伤害你，你如愿意参加，咱们一起走，要是不愿意去，我们送你走。"他点头同意一块走。这人以后当了红军的排长，1930 年在打江西瑞昌城时牺牲了。

把反动军官解决后，就叫起全连士兵，士兵们听说要去当红军，见连、排长已被擒，又见我是老官长，都很高兴。我们留一个班看犯人，其余 8 个班由党员班长率领分头出动，前去解决六连、七连和营部。六连派去 2 个班，因为这个连有党的组织，只要去帮助他们解决连部就行了。七连有几个班长是党员，本来也不成问题，可是在出发前不久，上面把这个连调到团部编为迫击炮连，又新从一团调来个七连，这个连里没有党员和熟人的关系，但他们也恨黄埔军官，就派 1 个排去说服他们解决黄埔军官。此外，派了 2 个班去收拾营部。

他们分头出动，我留在连部掌握情况。回想这次行动的细节，好像实在没有什么漏洞，但心却总是定不下来，不时地瞅瞅连部那个大挂钟，10 分钟、20 分钟、半个钟头过去了，还是听不见动静，这情况实在令人难耐，我正想派人去打探一下，突然七连方向传来了一阵密集的枪声。不多会儿，带队的班长派人来报告说，和七连打上了。原来，当这个排到七连门口同哨兵说明来意后，他让部队进去。因天黑下雨，战士到院里碰上了小便的洋油桶，声音震醒了睡觉的战士，他们以为"共匪"来了，就向院里乱开枪。接着，派去六连和营部的队伍也传来消息，说是和敌人有了接触。由于天太黑，各部分的时间没有配合好，敌人听到七连枪响后，都有了警觉，幸亏六连党的工作强，在几个党员班长带领下，把军官解决了。这时离天亮只有一个多小时了，敌营部没有解决，七连有了戒备；而我们的队伍是刚抓到手的，还不稳定，在这种情况下继续硬打是不利的。于是，决定把队伍收拢来，把这两个连带出城去，在城郊的一个山沟里隐蔽起来。

　　拂晓时分，红五纵队和地方红军渡过城南的沸源湖，开始攻城。敌营本就被起义搅慌了神，慌忙带领七连弃城逃走。五纵队当即赶上去拦腰一打，七连全部缴枪，只剩个负伤的营长，带了几个随从人员跑掉了。战斗结束后，他们急忙赶进城找我，我把队伍带进城，见到了何长工、李灿同志。于是，大冶兵暴的首批队伍和红五纵队会师了。

　　不久，驻阳新的一营一连党组织听到了消息，也积极行动起来。这个连党组织负责人是四班长白玉杰同志，陕西人，1923 年入党，曾毕业于新一师的军官训练队。他在第一营第一连很艰苦地做组织工作，发展了党，建立了领导核心，他在这个营的第二连也做了不少工作。他得知大冶兵暴成功，就决定跟着起义。一天夜里，他把拉走第一、第二连的行动布置好了，就去找一班长商量杀连长的事。一班长是个老兵油子，早就想把队伍拖出去当土匪，已笼络了一小部分人。白玉杰同志对他说要杀掉连长去当红军，他就说由他去杀连长。这家伙有他自己的打算，杀连长就有了当头头的资本。白玉杰同志担心他杀不了，就亲自去干，不料在干掉连长后，那家伙从背后打了一枪，把白玉杰同志杀害了。这时别的同志已把第一、第二连带出了城，只是不见白玉杰同志，第二连的人见带头人不在，一部分又跑回城去了，由第一连几个党员带领着两个连到苏区找到了红五纵队。

　　第一团和第二团第三营，在大冶和阳新兵暴后，开到了大冶城。第三营也有党组织，第九连战士王愚同志得知大冶、阳新起义消息，也想行动，但敌人早已怀疑第九连不稳，进驻大冶后，把第九连放在城中间，四面都有队伍监视。这样，第九连的同志就没有机会动手，直到12月24日，市民谣传红军来攻城了，三营其他连赶紧登城防范，第九连才在王愚同志带领下，乘机拉出来八九十人。

起义的队伍先后来到红五纵队，把其中5个连合编为红五纵队的第二支队，决定由我当支队长，陈奇同志担任支队的政治委员，还决定把九连编为红五纵队教导队，把红五纵队的几个大队编为第一支队，游雪程任支队长，郭一清任政治委员，红五纵队扩大了一倍。从此，以前是进攻革命根据地的国民党白军，变成了保卫革命根据地的共产党红军了。

1934年1月，在瑞金召开的第二次中华苏维埃代表大会上，奖给我一枚二等红星奖章，我认为这是对全体参加兵暴同志的奖励。

策应大冶兵暴

何长工

1929 年 12 月初，中央派柯庆施由上海赶来，交给我们一项紧急任务，叫我们拦江截取四川军阀杨森的两艘载运军火的轮船。当晚，第五纵队党委举行紧急会议，决定派遣第一支队全部化装为渔民，以急行军赶到通长江的沣源口截击敌船，并连夜通知阳新、大冶两县县委紧急动员沣源湖一带渔民集中 300 条船。但是，当我先头部队赶到沣源口时，才查明敌人两艘满载军火的轮船早在两天以前由此溯江而上了。

部队既已扑空，乃决定仍折回黄沙。行至中途，又接到湖北省委派赵品三、郭子明同志送来的指示，称敌独立十五旅有党的秘密组织，有几十个党员，系由程子华同志负责，程在敌军中任排长，该团驻大冶，叫我们通过程的关系设法瓦解消灭敌独立十五旅。

这个独立十五旅是 10 月下旬才开到鄂东南的，3 个团分驻在阳新、大冶、团风一线，敌旅长唐云山率旅部驻石灰窑。我们接到指示后，就将部队开到了沛源湖东岸兴隆铺、曹家大块一线。曹家大块是阳新县苏维埃主席曹德全同志的家乡，我们就在他家里举行了大冶中心县委与第五纵队党委的扩大联席会议。参加这次会议的有李灿、陈奇、游雪程、吴梓民、徐策、李琳、柯庆施、赵品三、郭子明、刘振山、曹德全等30多个同志。经过热烈讨论之后，决定立即与程子华同志取得联系，里应外合，攻取大冶城，趁机消灭独立十五旅。

次日，即派郭子明同志到大冶去找程子华同志接头。郭子明原在白军曹万顺师任连长，曹师是十五旅的前身，所以当时驻大冶的敌军中有许多人是他的旧同事，他可以利用这些关系进行工作。他临走时，我们与他约定：我军开始攻击时，在湖东岸鸣放三声土炮为暗号，他们听到后，就在城门带领起义队伍策应攻城。

对战斗中可能遇到的情况，我们事先也做了慎重的估计。大冶城突出在沛源湖中（因此也叫大冶湖），三面环水，陆路有由下陆车站通往石灰窑的一条矿山铁路。所以，只能从两面进攻。如果攻城不能迅速奏效，则石灰窑之敌必来增援，我军就会有两面受敌的危险，而我军撤兵只有一条安全退路，即从湖中的横堤上撤到东岸去，如果横堤大桥遭敌控制或破坏，就只能绕道沛源湖西南一带的山区。而这一带环驻敌军，我们很可能又在途中遭到包围。考虑到以上情况，我们挑选了100多名精悍勇敢的战士化装成渔民，暗藏驳壳枪和手榴弹，分乘20条渔船，隐伏在横堤大桥附近，战斗一旦打响之后，他们就迅速地消灭大桥上的守敌，将大桥控制起来，以保证我军退路的安全。

我们又考虑到我们这支4000人的队伍，不可能从驻敌军的地区经过而不暴露目标，因此秘密和突然的行动是此次战斗取胜的关键。我们决定不走大冶西部的旱路，而乘船在黑夜里偷渡沸源湖。原先准备用来截取敌人轮船的300多条小渔船，正好在这里起作用。

第三天黄昏时分，我军到了沸源湖边，战士们在湖边田野里饱饱地吃了晚饭，便依次登船。等火红的太阳落下地平线后，300多条渔船便一齐向对岸进发，这时正是隆冬季节，沸源湖上夜色茫茫，星火朦胧，万籁俱寂，寒气袭人，大家坐在船上屏息无声，只听吱呀呀的划桨声和船头的浪花声，只见隐约的大群黑点在湖面上迅速移动，深夜11点，我军全部在湖西岸登陆了。

部队登陆之后，第二支队即插入大冶与石灰窑之间的公路两侧埋伏，准备迎击由石灰窑开来的援敌。李灿同志和我带着第一支队担任主攻，插到大冶西郊，埋伏在下陆车站与大冶城之间的山上。

这时，我们又考虑到如果敌人据城不出，我军又不能迅速攻进城去，时间一拖延，会给我军造成许多困难，于是，决定先设法诱敌出城，在城外消灭敌人。翌日拂晓，我们先派 1 个排到城下佯攻。这个排长叫洪超，过去是朱德同志的警卫员（长征开始时任红军师长），是一个非常勇敢的机灵的小伙子，他带着战士一下冲到城下，朝城上打了几排枪，敌人团长朱麻子在城上看到我们人少可欺，就亲自带领 1 个营出城反扑，洪超同志带着战士们扭头就跑，敌人紧追不舍，刚好落入我军伏击圈，两边山上的机关枪、迫击炮、步枪突然一齐开火，军号声、呐喊声震动山岳，洪超同志又带领全排回转身冲过来，两边山上的战士们也一齐杀下来，把这个营的敌人全部歼灭，敌团长朱麻子负重伤被活捉。

城内还有敌人 2 个营，我们立即命令刚刚俘虏的敌军司号长吹号调动敌人跑步增援，敌人听到号声，果然都跑步赶出城来，我军当即以猛烈炮火夹击敌人，并命令俘虏们大声喊话："不要打啦，我们的朱团长都在这里呀！"敌人动摇了，骚动了，我军趁机冲去，这两营敌人就全部缴械投降了。

这一仗，我军俘虏敌千余人，活捉了大冶反动县长伍屏垓，解救了饶正锡等同志，缴枪 900 多支，就连敌人也不得不承认红军的勇敢和机智，敌团长朱麻子被俘虏后说："昨天下午我们侦探回来，还说附近没有发现红军，真想不到今天早上你们一下子就来了几千人，真是出奇制胜！"

夺取大冶城，活捉反动县长伍屏垓，更受到群众热烈欢迎，过后，群众中流行这样两首歌谣："12 月里冬风凉，大冶湖中运军忙，下陆一役打胜仗，人民政权万年长。""大冶兵暴影响大，独十五旅被打垮，工农群众笑哈哈，热烈欢迎程子华。"

从战斗开始到我们胜利地进入大冶城，一直未听到程子华同志的消息，他们既未出城接应我军进城，也未来找我们，郭子明同志也失去了联系，我们派人四处打听，也没找到他的下落，究竟出了什么意外呢？

当天正午时分，通信员带着一位年轻的所谓"白军军官"进指挥部来，他一进门就向我报告。原来他就是程子华同志，大家见他来到，都很高兴，热情地问长问短。程子华同志告诉我们，在昨天夜里11点半，他就组织本连（五连）党员和班长开始行动，干净利落地解决了连里的反动军官，把士兵们集合起来，接着就让党员、班长带领各班分头去解决六连、七连和营部。因为七连在起义前不久才调到团部编为迫击炮连，连里还没有党的工作，加上天黑，各部时间没有掌握好，派出去的同志和七连开了枪，敌人听到枪响后都有了警觉，营部的问题也没有解决，幸而六连党的工作强，在几个党员班长带领下，把大部分队伍拉了出来。为了减轻伤亡，他们没有和敌人硬打，就将这约2个连兵力收拢一下撤出城去，在城郊的一个山头上隐蔽起来，从群众口里打听到红军的确实消息后，才进城来找我们。程子华同志还告诉我们，在敌人独立十五旅内，连他在内只有30来个共产党员，建立了党的秘密组织，李灿同志大吃一惊说："这多悬啦！"大家都笑了。

当天夜里，我军就带着 1000 多名俘虏撤离了大冶城，部队回到三溪口一带进行扩编，经过动员教育，他们都自愿参加了红军，这是我们部队第一次吸收俘虏成分。我们将他们编为第二支队，由程子华同志任支队长，陈奇同志为政治委员，又将地方武装谢振亚部与我军原第二支队合并编为第三支队，由谢任支队长，游雪程同志为政治委员。这时，第五纵队已经扩大到 6000 多人了。

大冶兵暴记叙

白志文

　　大冶兵暴以前，我虽不是党员，但我和党早有接触，心是向着党的。我记得王愚和我谈心时曾对我说过，二营和五连、六连在程子华领导下起义当了红军，走的是光明大道。因为红军是共产党领导的，是工农子弟兵，一切都是为着我们劳苦大众的，他们官兵平等，军民一家，不像国民党军队那样欺压百姓，欺压我们士兵，我们也要像二营那样起义去当红军。我当时说："那太好了，我坚决参加。"王愚就是这样通过交朋友、谈家常、关心疾苦等办法，秘密地去做争取士兵和团结工作的。所以，在部队到达苏区之前，全连除连排长等几个顽固分子外，绝大部分士兵都被我们争取过来了，都愿意听我们的。

　　1929 年 12 月 26 日，我们到达黄石港，敌旅长唐云山给我们训话，他说："全体士兵兄弟们，告诉你们一个不幸的消息，我们二团二营全体官兵都被共产党枪杀了（其实我们早就知道了这件事的真相），我们要报仇，要到大冶剿匪。"唐云山讲这个所谓消息后，扫了士兵们一眼，看到大家毫无表情，接着警告大家说："大冶这一带老百姓都是共产党，赤化透了，他们知道我们要来剿匪，在沿途水井里都下了毒药，我们决不能喝生水，乱吃东西，否则就要被毒死。"妄图以此来煽动士兵对共产党、红军和苏区人民的仇恨情绪。第二天，部队向大冶进发。这时敌人已吸取了前两次的教训，变得更狡猾了，处处对我们严加防范。部队到大冶城后，没有驻在城里，而是驻在靠阳新边界的几个大庙里，防守也很严密，他们破例在城外放排哨，再加上联络哨。但敌人还很不放心，并且还派九连中的几个顽固分子来监视我们的行动。

29日，要准备过元旦了，我们没有一文钱，班长们商量了一下，决定向连部要钱过年，但要了半天，才答应发给每人两毛钱，我提出到街上去买点烟、酒之类的东西，大家都同意。东西买回后，晚上我们以吃喝为掩饰，在一起商量起义的问题，我们边吃边同八班长、九班长商量，准备把队伍拉走。正在这时，通信员来说，上峰已下命令，明天6点开往武汉。我想开到武汉就完了，要走也不可能了。当时，我们三个人都不是党员，研究不出结果来。

晚上下大雪，王愚、田文雅等四个党员乘人不注意偷偷地从放哨地点回来了，王愚对我们说："情况发生了变化，明天敌人要把部队开往武汉，我们必须赶快行动，把队伍拉走。"会上决定当晚起义，并立即行动。会开得非常简短，刚一完，王愚等怕引起敌人怀疑，又迅速回排哨去了。

根据会上的分工，一班长邢长发带领全班堵住连部，我当时把全班一个一个地叫醒，打手势叫大家走，这时一班已和连部打起来了，而八班长又站在门口大声叫嚷："九连全部出来，兵暴当红军去！"接着又有人喊"打倒蒋介石！"等口号，情况十分紧张，我便赶紧制止说："不能乱喊乱叫，一喊不就等于告诉敌人了，赶快集合队伍跟我来。"我带着两个排往联络哨上跑，有七八个放哨的士兵，见有一支队伍向他们那里冲去，不知怎么回事，于是慌忙开枪射击，我连忙向前喊话，叫不要开枪了，由于我们事先做了争取工作，我一喊他们就马上停止了射击，而且全部参加了兵暴队伍。枪声惊动了前面的排哨，哨位上的二排长和三排长又十分顽固，怎么办？我眉头一皱，计上心来，忙对着他们说："排长，不得了啦，共产党把连长打死了。"他们一听慌了神，不知如何是好。我乘机带着队伍来到排哨跟前，忙把王愚拉到一边说："干掉他们。"王愚立即朝两个反动排长开了几枪，因为天黑没有打中，紧接着四个兵暴战士一齐开火，击毙了这两个坏蛋，然后我们集合了排哨上的士兵，把队伍拉了出来。

部队拉出来后，立即开往苏区。走到阳新、大冶交界的一个湖里，因为下大雪，到处都白茫茫的找不着路，也辨不明方向。加上跑得又快，有的战士把鞋都跑掉了，敌人发现我们跑了，就跟在后面追，我们趴在雪地上听，听到他们在吹号才知道，敌人不敢追我们了，这才放心，一清查，我们一共拉出了90余人。

为了辨明方向，我们好不容易在湖边的草棚里找到了一个打鱼的老乡，我们在他的带领下，踏冰层，穿雪地，过荒岭，约莫走了20多里路，才来到大山脚下的一个小山村。我说："不能再跑了，要搞清楚再走。"我们在这个小山村住了一晚，一打听，才知道我们已经到了苏区，这里就是阳新县苏维埃政府管辖下的金龙区。为了向红军学习，王愚和我要求士兵严守纪律，不要乱打枪，不随便拿人家东西。这样，原来看到我们是白军打扮的队伍而吓跑了的老百姓又都回来了，还安排了我们的住处，有的群众还主动给我们送鱼、送腊肉、送粮食。特别是有位老大娘，见我们有的战士打着赤脚，嘴唇冻得发紫，便劈了自己保存多年的棺材给大家烧火取暖，使我们深受感动。

第二天，来了两个年轻人，看样子很像学生，他俩问："你们究竟是什么人？"我们回答："暴动出来的，去找共产党和红军。"他们说："你们这样是找不到的，得先派代表去找苏维埃政府。""苏维埃！什么叫苏维埃？"我好奇地问。他们说："苏维埃就是人民政府，是共产党领导的，为人民办事的政府。"他们还示意给我们带路，这两个人中一个就是何长工。大家一听非常高兴，我和王愚等几个同志一起商量派谁跟他们去，我提出派王愚和九班长温景惠去找苏维埃政府联系。因为王愚是党的负责人，温景惠出身好，人可靠，大家一致推我带领其他人在此等待。他们跟着两个年轻人去了一天一夜回来了，说他们见到了区委，区委书记叫我们先交枪再带队伍去。大家一听说要交枪，都不高兴了，有的说："交了枪等于交了命，说什么也不能交。"我想了想说："可能问题没有弄清，还得去联系。"派谁去呢？我觉得还是他俩合适，我便对他俩说："你们还得去，联系好了以后，王愚留在那里，九班长回来。"我怕王愚不同意，又对他说："你放心好了，我们死也要死在一起，不会丢下你的。"

第二天黄昏时分，九班长回来说："王愚在区政府等着，区政府同意我们不交枪了，叫我们明天带着队伍去，人家说我们起义很光荣，欢迎我们去当红军。"

次日早饭后，我们带着队伍沿着一条羊肠小道向前开去，下午3点钟左右，我们到了区苏维埃所在地。区委书记召集我们七个班长开会，表示热烈欢迎我们，说我们走的这条路是正确的，接着又把党的政策、红军纪律向我们做了宣传。会一散，我们就迅速地把队伍集合起来，传达了区委书记的讲话，大家听了非常高兴。开饭时间到了，在一个大礼堂里摆了八张大方桌，桌上摆满了鲜鱼、腊肉等佳肴，吃的大米饭，喝的糯米酒，我拿起筷子异常激动地对大家说："这比过年还丰盛，我们在白军过了两个年，哪有这好。""的确不错，在白军里哪是人过的日子！"一些士兵感叹，大声应着。

晚上，苏维埃政府办的列宁小学还为我们腾出了两间大房，铺着软绵绵的稻草，每人发了一床新被子，我们第一次睡上一夜舒服觉。尤其令人感动的是，睡觉之前，区委保卫科的干部对我们说："到了苏区请你们安心睡觉，我们给你们守卫放哨。"我们这些受够了打骂吃尽了苦头的士兵，第一次尝到了人间的温暖，很多人高兴得热泪盈眶。

天还没有亮，我们接到了红五军第五纵队党代表何长工写来的信，叫我们把队伍开往花犹树。吃过早饭，我们高高兴兴地向花犹树开去，到了目的地，见到了何长工，他对我们说："你们还要往前开，到阳新的三溪口再休息。"在三溪口，何长工热情地接待了我们，并开了个军人大会。散会后，给我们每人发了几盒烟和五块大洋，又专门杀了一头猪给大家会餐，然后宣布我们正式编入红五军第五纵队的教导队，我们换了衣服，正式成了光荣的红军战士。

经过士兵民主选举，一班长邢长发被选为大队长，我和温景惠被选为中队长，八班长当选为司务长，王愚被任命为党代表。整编后的第三天晚上，我和邢长发、温景惠以及八班长四人，由王愚带到一个楼上，吹熄马灯，秘密入党。不久，我和另外两个人当选为支部委员。

我们从三溪口到燕厦，经过一个大镇，看见很多人欢迎我们。在这里，我们碰到了九连的老连长郭子明；在燕厦，我们又见到程子华、赵品三等，一见面亲热得不得了。没过多久，我们便在通山、阳新等地打土豪，并取得了一个又一个的胜利。此后，我们就跟着彭德怀，沿着以农村包围城市，最后夺取城市的道路奋勇前进。

大冶兵暴给了敌人以沉重的打击，打得敌人不得不慌忙地带着残兵败将，灰溜溜地撤出大冶、阳新。兵暴壮大了我们红军队伍，红五纵队由挺进鄂东南时的 1000 多人，已经扩大到了 6000 多人。

大冶兵暴，为受尽人间疾苦的白军士兵争取自由解放树立了榜样。因此，中央军委领导同志高度评价这次起义为"模范的大冶起义"。

蔡阳铺暴动及红二十六师建立[*]

徐光恩

1928 年秋末，鄂北革命受挫，共产党组织遭到严重破坏。地方反动势力卷土重来，土豪劣绅、反动民团、"清乡"组织串通一气，对共产党员和革命群众实行了血腥的镇压，无数共产党人和革命志士死于敌人屠刀之下。但是，党所领导的鄂北革命斗争仍然以各种形式进行着。枣阳的杨秀阡到上海找党中央请示；余益庵、徐化龙到钟祥旧口附近的张家河以教书、做小生意为名，秘密开展活动，开辟新区；我这时也到襄阳峪山等地秘密串联发动，开展武装斗争。绝大部分共产党员和革命群众通过各种关系，千方百计地恢复和发展党的组织，为建立自己的工农武装和组织更大规模的革命斗争积极奔忙着。

1929 年夏季，洪湖革命根据地形成，对鄂北革命产生

---

* 本文原标题为《从蔡阳铺暴动到红二十六师建立》，收录时做了适当修改。

了重要影响。同年冬，洪湖地区的革命武装到张家河一带打土豪，与余益庵、徐化龙取得了联系。于是，余益庵、徐化龙即由张家河回到鄂北，在枣阳蔡阳铺等地着手恢复党的组织，筹建革命武装。杨秀阡这时从党中央所在地上海返回鄂北，根据中央和省委指示，筹建了中共鄂北临时特委。

余益庵回到枣阳后，住在龚家寨龚德广（可靠的贫农，大革命时期担任党的交通员）家里，在龚家寨、徐家窝、蔡阳铺等地恢复了党的支部和区委会，并于1930年农历二月间成立了中共枣阳县委。与此同时，派人把大革命时期农民自卫军埋藏的枪支搜集起来开展武装斗争。当时搜集起来的枪支有我和王作康埋藏的两支长枪，李治邦的一支瘸子枪（手枪型，打步枪子弹，只能算作半条枪），称之为"两条半枪闹革命"。当时这一带土匪盛行，盗贼蜂起，除小杆土匪外，还有大杆土匪毕公远盘踞在峪山以东地区。社会秩序异常混乱，人民生活不得安宁。1930年正月里的一天，土匪又到各地抢劫，党组织在蔡阳铺以南发动万余群众，与土匪打了一夜。到第二天，土匪见我方人多枪少，就把陶山庙以北的村庄烧了十多里远。通过这次教训，我们进一步认识到建立革命武装的重要性。

农历二月，区委在龚家寨南小洼召开会议，研究如何夺取敌人枪支，建立革命武装。会上决定派一部分同志通过各种关系打入敌军队、团防局、土匪中间，开展军运、团运、匪运工作，杨永崇到吉河陈大江杆里做匪运工作，黄龙垱以北陶家巷的陶奖谷到张家集五十一师中做军运工作。他们去后，一方面在军、团、匪内部发展力量，掌握武装；另一方面通过他们的介绍、推荐，再进去一部分党员和革命群众以做内应。不到 20 天时间，杨永崇从土匪那里拖回 15 支长枪、1 支盒子枪；陶奖谷从敌军中弄回 3 支长枪、1 袋子弹；杨士银在白天里背着 1 支长枪，手拿 1 支长枪，从团防局的炮楼子上走下来，一面走一面说："爷们儿不干你们的狗团防，要干共产党！"就这样大摇大摆地回来了。与此同时，李治邦带领一部分人，到公路两旁的田里，装扮成干农活的农民，相机夺取过往敌军的枪支。到 2 月底，我党已拥有长枪 30 多支、盒子枪 4 支、小八音手枪 1 支。

3 月上旬，党组织派我到蔡阳铺团防局做争取工作。经过打听，得知团防局里有徐家畈的徐朝龙和吴家坡的吴成林，他们俩在大革命时期参加过农民自卫军，都是共产党员。大革命失败后被捕入狱，因未暴露身份，于 1929 年释放回家。北伐初期，徐朝龙在江西唐生智部下当过兵。因为他俩懂得一些军事常识，地方上的保甲长就把他们推荐到团防局里当班长、搞教练。我了解到这些情况以后，就托人带信，通知徐朝龙到滚河南洲上芭茅滩里接头。我们见面后，先谈了大革命失败后彼此遭遇，接着我以试探的口气问："你们在团防局里消息灵通，有没有听说闹革命的消息呀？如果有，能不能再干一下，总不能一辈子这样下去呀！"徐朝龙正经而又直爽地说："我也是'人在曹营心在汉'。打听过，没有听到说哪里在搞。以后我们都留点心打听。"因为是第一次见面，不能开快车，需要留有余地，再考察一段再说。

过了五六天，我们又在芭茅滩上见面。在交谈中，我对徐朝龙说："这几天你没有打听到消息，我可打听到一个消息，最近有几个蛮子挑硝黄上来，听他们说洪湖有了红军，和原来的枣阳农民自卫军一样，力量非常强大！"徐朝龙一听，像得了什么宝贝似的，高兴地说："天哪，洪湖有了红军，可真了不起！赶快打听，想个办法也搞一伙子！"第二次见面以后，我向余益庵汇报了两次见面的情况。余益庵认为条件已经成熟，便决定与徐朝龙见面。

农历四月初，我和余益庵在芭茅滩上与徐朝龙见面。经过介绍之后，余益庵把洪湖的武装暴动和鄂北党的革命斗争情况讲了一番，并决定在蔡阳铺搞武装暴动，夺取团防局的枪支，由徐朝龙串联吴成林在团防局内部做好串联发动和暴动前的准备工作。徐朝龙满口答应，表示坚决完成任务。

这时，党组织掌握的武装已经发展到 50 多人，成立了游击队，设有大队部，由李仲贤担任大队长，下设第七、九、十一支队。后李仲贤调到枣阳县委工作，鄂北特派特委委员杨秀阡担任游击大队大队长职务。

各项准备工作基本就绪后，我们于农历四月十五在蔡阳铺以东 10 里远的解家畈开会，具体研究部署武装暴动事宜。当即确定 5 月 14 日在蔡阳铺正式举行武装暴动。

蔡阳铺是个有 1 里多长的东西街，团防局设在西门口江西会馆里。农历四月十六这天，正好蔡阳铺逢集，由 80 多个党员和进步农民暗藏刀矛同赶集的人一起混入寨内。如果发现情况有变，立即包围团防局，杀掉岗哨，打开寨门，让执枪的人冲进街去。另由杨秀阡、阮荣汉、龚伦才、李玉富带 5 支手枪，张大个带 1 个班人配备 10 支长枪从西门进去，直取团防局。余益庵、谢耀武带领翟邦才、李治邦两个班 20 多条枪从东门进去，携带的长枪由关翁翁等人捆在高粱秆里担上。为了使东西两面的进军速度一致，由我站在东门外半里路的砖窑上，看着西面杨秀阡等人的速度，指挥东面的行动。如果看到我站着，东面的就走快点；如果我蹲着，东面的就走慢点。

农历四月十六早晨，在团防局做内应工作的徐朝龙、吴成林有意识地说今天天气热，叫团丁们把枪放在屋里，到团防局门口去开饭。正在吃早饭的时候，杨秀阡等人已进入西门，将站岗的枪夺了下来，站岗的拔腿就跑，被张大个一枪击毙。其他别手枪的人也拔出手枪，对准团防局的人打了起来，吃饭的团丁们听到枪响，应声而散，各自逃命去了，我方一举得枪 40 多支。进入东门的余益庵等人带领游击队抄了敌团总余季良的家，缴获 1 支勃朗宁手枪和几箱子弹。随后，拿着先由吴成林抄写好的登记册，按照姓名、枪号搜集起来，一共搜了 70 多支。战斗结束后，在东门口站队清点战利品，共缴获长短枪 110 多支，当场发给手执刀矛的战士。

接着，将中队整编成 1 个总队，由杨秀阡任总队长，谢耀武任副总队长，余益庵任党代表，阮荣汉任参谋长。下设3 个大队，第十三大队大队长李治邦，第十四大队大队长翟邦才，第十五大队大队长杨永崇，全队 200 多人，160 多条枪。这时军威大振，乘胜又攻下了翟家古城、璩家湾两个团防局，取得了"一日破三关"的辉煌胜利。

次日，我军在高桥铺吃早饭后，开到黄龙垱以北 10 里远的陶家巷，准备攻打黄龙垱刘仲西的团防局。据我军侦察获悉，黄龙垱团防局有三四百条枪，镇内多为朱姓，因"朱""猪"谐音，忌讳修寨墙是关"猪"，不吉祥，所以自古以来这里就没有寨墙。刘仲西在这一带作恶多端，群众迫切要求攻下黄龙垱。

农历四月十七这天，刘仲西带着 40 多条枪回他的老家大王洲去了，由团防局大队长刘荣福带领 300 多人枪留守。

午后，总队干部会议决定，派我和阮荣汉到院家滩发动群众配合攻打黄龙垱。同时，为了声东击西，迷惑敌人，部队撤离陶家巷往东运动。走了 8 里以后，又对准陶山庙往南走。对我军的这种行动，群众也摸不清底细，便互相传说："红军走了，不打黄龙垱了。"

第二天凌晨，我和阮荣汉带领 600 多名群众到黄龙垱以北的姚蔡家湾找到总队部。总队长杨秀阡见前来援助的群众已到，便立即下达战斗命令。第十三大队、第十五大队配合群众攻打南街到西街，第十四大队、警卫队和总队部攻打北街到西街，天亮后发起总攻。第十三大队、第十五大队顺沟接近了街道，第十四大队和总队部从姚蔡家湾上岗后就被敌发觉，双方打了起来。经过一场激战，敌人见东面没有人，就往东街外江西会馆里钻。

第十五大队进入南街后，分散的小股敌人仍在顽抗。我和四个背刀的群众进街喊话："我们是红军，交枪不打！"并向顽抗的敌人打了一枪，冲上去夺过来4支长枪，由徒手的群众背上，其余敌人见状逃跑。第十五大队大队长杨永崇在南街油坊里发现敌人，由于手枪卡壳，便喊我去消灭了这股敌人。

南街的巷战结束后，战士们迅速向江西会馆包围过去，夏明庆这时从北街进来。他个子小，没被敌人发觉，绕到北街饭馆的后墙，对准江西会馆的敌人打了枪，有个敌人应声倒下，其他的敌人顿时乱了阵脚，慌忙向南逃跑，我们追到黄龙垱以外里把路时，已经得枪60多支，撵到离黄龙垱4里远的黄泥巴岗时，得枪170多支，并捉住了敌团防局大队长刘荣福，并当场击毙。至今民间还流传着"夏明庆一枪定黄龙"的故事。

部队转回来时，听到赵英哭起来了。这时，战士们才知道，战斗打响后，杨秀阡同志一心想着指挥战斗，竟忘了掩护自己，敌人一颗子弹飞来，光荣牺牲了。

打罢黄龙垱，余益庵、赵英到鄂北特委请示工作。总队长由谢耀武担任，部队以大队为单位分散游击，第十三大队由李治邦带领在高桥铺一带活动，第十四大队由翟邦才带领在翟家古城一带活动，第十五大队由杨永崇带领在杨家畈一带活动，总队部在蔡阳铺附近山里活动。农历四月下旬，根据鄂北特委的指示精神，将这一支武装正式命名为"工农革命军第九军第五总队"，由谢耀武任总队长，余益庵任党代表，阮荣汉任参谋长，下设3个大队、1个警卫队。第十三大队大队长李治邦，第十四大队大队长翟邦才，第十五大队大队长杨永崇，警卫队队长李玉富。

1930年农历五月，鄂北特委派张香山到第五总队负责军事工作。党组织为了把襄（阳）枣（阳）宜（城）三县交界的地方连成一片，建立红色政权，决定用武装消灭襄（阳）南和宜（城）东较大的反动据点——王家集。经过研究，把这一战斗任务交给了第十五大队和警卫队。

6月21日下午，余益庵、张香山带领第十五大队、警卫队150多条枪的武装和黄龙垱以北、耿家集以西、蔡阳铺、璩家湾以南的万余群众，向王家集进发，可以说是"大闹王家集"。王家集街上本来有不少枪支，这些枪支大部分都掌握在共产党员手里。部队开到王家集地区以后，由余益庵带一部分人协助王家集党组织收缴商民的枪，我们的主要任务是对付胡家营的反动势力。胡家营村庄较大，有3个矮炮楼子和2个高炮楼子。共有数十支枪的武装，由保董胡正台、劣绅胡子清掌握着。

更深夜静，我军悄悄地将胡家营团团围住。战斗打响后，敌人也顾不得爬上炮楼抵抗，就纷纷缴枪投降。拂晓，战斗胜利结束，得枪数十支，捉住土豪劣绅胡正台、胡子清等四五人。在王家集吃早饭后，王家集地区的许光才、白景和等十多人参加了红军，随军离开了王家集。警卫队队长李玉富在战斗中手枪子弹阻塞弹仓，用手一拍，把自己的手打伤了，不能坚持工作。许光才参加后就担任了警卫队队长，部队返回途中，在杏仁山处决了胡子清。

中午，我军正在柴口垭、七家店子休息，与敌第五师辎重营相遇接上了火，敌我双方抢谢家山头，因我方距离过远，敌人抢先一步占领了制高点。这时，夏明庆和我数百个手执刀矛的群众绕到敌后，与正面我军配合作战。敌人见有被我军包围的危险，调过头来拼命逃窜。我方军民奋起直追，一直把敌人撵到方家集。拿土铳的农民李棒槌接近敌连长，来了个饿虎扑羊，将敌连长掐死，得了 1 支盒子枪。

1930 年农历五月二十九，部队在黄龙垱以北的陶山庙进行整编，正式成立"中国工农红军第九军第二十六师"，师长张香山，副师长谢耀武，党代表余益庵，政治部主任赵英，宣传部主任翟紫绶，参谋长王全成。师以下分为 5 个总队、1 个手枪队。第一总队总队长赵章甫，第二总队总队长李治邦，第三总队总队长翟邦才，第四总队总队长杨永崇，第五总队（警卫队）总队长许光才，指导员白景和，手枪队队长夏明庆。总队以下设大队，大队以下设分队，分队以下设支队。另外师部有司号连，称为号官，总队有号长，大队有号兵。从师部到大队都有军旗。旗帜用长方形红布做成，缀有白布镶成的锤子、镰刀和五角星图案。红旗的正中缀一个空心大五角星，左上角缀一个小五角星。紧挨着锤子镰刀图案的左边是写部队番号的白布和用白布做成的旗杆套筒。部队番号是用墨直写的，如中国工农红军第九军第二十六师第某部队第某大队。

部队整编结束以后，于农历六月初一开往翟家古城。初二，襄（阳）北、枣（阳）北的团防局武装几千人联合起来，分东、西、北三面包围我军。司令部命令部队分三面迎敌，第一总队迎击蔡阳铺开来的敌人，第二总队迎击由璩家湾开来的敌人，第四总队迎击由龙井寺开来的敌人，谢耀武、张香山、王全成和第三总队留守古城，余益庵带领警卫队从古城南面渡过滚河，把守河南一带的河沿。经过一场激烈的阻击战，打退了敌人的猖狂进攻。

部队回到翟家古城以后，正在吃煮豌豆的时候，敌人五十一师1个团从杨家畈开往古城。站岗的跑来报告，说发现敌情，谢耀武副师长以为又是团防局的武装，便对大家说："又是团防局来送死，吃了饭再对付他们!"

饭后上寨，敌人冲锋号一响，一个营包围了翟家古城，等敌人离寨墙30多步远的时候，我们用密集的火力射击，打退了敌人的进攻。拿刀的战士趁此机会出寨，从敌人尸体堆里弄到了大量的枪支、子弹。城内100多战士，每人都得到了弹药补充，我也分得了9板子弹。敌人退下去以后，对我军采取了围困的办法，把我军包围在古城以内。

傍晚，下起了瓢泼桶倒的大雨。为了迷惑敌人，我们在城墙上点着香油灯，并大声喊道："把守好啊，莫让敌人进来了！"半夜时分，我军下令撤退。和我一起顺着城墙溜下去的有王全成、许光才、潘变发、传令兵李某某五人。除王全成只有一把刀外，其余四人都有枪。走了1里多路，来到翟家古城与杨家畈中间，遇到敌人团部的传令兵噗踏噗踏地向我们走拢来，我一个箭步上去将他抱住，其他人上去把他的枪夺下交给王全成背着。敌传令兵以为是自己人和他开玩笑，便莫名其妙地说："不要误会！团长叫我来通知你们，已经上枣阳搬大兵去了，叫你们包围好。"我说："真他妈的混蛋，团长叫我们撤退，你叫老子们包围，再不给老子滚，招呼枪崩了你！"

走了十多里，来到杨家畈，前面有三丈宽的一道窄桥，暴雨下得睁不开眼，平地渍水齐大腿。我们互相搀扶着过了窄桥，再往南，走到蔡阳铺附近的韩家桥，遇到了我的侄儿猫子，从他那里得知白马寺没有团防局。我们绕到蔡阳铺附近的潘家庄，由我下河探水，准备游过滚河，因为王全成个子矮，由许光才架住才游过河去。过河后，王全成不同意到白马寺去，要去龚家寨找余益庵和司令部。走了2里多路来到龚家寨，遇到两个老头。经打听，他俩吃惊地对我说：

"刚才敌人还在湾子里做了饭吃了的，余聋子（余益庵）已经去他老屋里去了。"走到徐家窝一问，余益庵又进山去了。临走时，群众给了一块锅块馍，好让大家分着吃。王全成当时心情紧张，只顾赶路，说什么也不吃。拂晓时分，进入山区。这时王全成才感到有些饿，可是馍馍早就吃光了。

吃早饭的时候，我们走到离蔡阳铺 10 里远的李老湾，把长枪放在门口堰里，手枪别在腰里，到我老表家里搞了点饭吃了。饭后由我老表放哨，让大家在屋里休息。不大一会儿群众往山里跑，传说刘仲西带人到徐家窝抄家去了。过了一会儿，他们又往回跑。最后一打听，才知道是谢耀武副师长带领一部分战士半夜里从古城南门突围出来，经顾湾过滚河到了丁家湾。与他们会师后，得知翟邦才从七里潭过滚河时淹死了几十个战士，枪支也丢了不少。

我军撤出翟家古城后，敌人并不知道。六月初三凌晨，敌团部下令由南北两面攻击，相互对打起来，打到中午，进寨后才弄清真相。敌人没有地方出气便纵火烧房，连土豪劣绅翟祖煌的房子也给烧了。翟祖煌向敌团长央求道："这是我的房子，可不能再烧了！"恼羞成怒的敌团长骂道："什么你的他的呀！老子烧的是共产党的房子！"敌人互相厮杀，吃了大亏，一无所获。为了向上司交差，敌团长便随心所欲地说："共产党挖有地洞，顺地洞跑了。"

次日，我军开到马槽岭。由余益庵带领四名手枪队员和一部分群众到滚河捞尸，捞枪，掩埋烈士。在打捞尸首时，发现很多汉阳枪和敌人尸首。凡是穿杂色衣服的都叫群众掩埋，穿黄色衣服的敌人尸体就推到河里去。这些敌人到底是什么时候淹死的，枪又是什么时候丢到河里去了？后经枣阳县委打听，原来在我军突围时，敌人1个连把守着南门，我军从南门冲出去，敌人往后一退，都掉到南门外百把多步远的滚河深潭里。

在这次战斗中，看守队队长关翁翁把胡家营的几个豪绅用一根绳子拴两个人的方法绑着，因过河船翻，全部淹死在滚河里。

1930年农历闰六月，部队进行整编，师长是张香山，副师长谢耀武、姚洗心，党代表余益庵，政治部主任赵英。原来的总队合并为4个团，按照三三制建制，团以下设营、排、班。

部队整编好后开始南征。第一仗是攻打板桥店团防局。当时团防局住在东街，有12条枪的武装。为了确保打胜南征第一仗，我军采取以数倍或数十倍的兵力消灭敌人的战术，尽管板桥店团防局的枪支不多，但是红二十六师几百条枪的武装都去了。闰六月初四的夜晚，我们赶到板桥店，用硬攻的方法打进了团防局，天亮时结束战斗，将敌人一网打尽，得枪12支。随后，我们在街上抄了几家土豪劣绅的家，将没收的粮食分给穷人，把缴得的银圆和其他战利品交给师部保管。

正在这时，苏区党组织派人来向师部报告：就在我们攻打板桥店的同时，罐山一带的土匪张家发、张占奎等匪首乘我苏区力量薄弱之机，到苏区把大庙冲以东到石家河的民房烧了300多家。根据这一情况，师部召开干部会议研究决定，由谢耀武副师长带几十支枪的武装回到东月冲的马槽岭一带抵御土匪，保护群众。红军主力继续向南挺进。

怀念周维炯师长

林 彬

1928 年秋，周维炯为了搞兵运，掌握革命武装，打入了丁家埠民团。是年冬，因李老末土匪万余人被冯玉祥消灭在商南山区，丢失很多枪支在民间，周维炯便带一个班的人到我们村搜寻枪支，住了几天。邻村清末举人罗银清和学校老师李梯云，都是共产党员，周维炯常和他们一起向农民宣传革命道理，组织农民协会，开展减租减息斗争。

1929 年立夏节这天夜里，当地的农协会员，在李梯云领导下，把大官僚地主、国民党河南省党部委员罗维楚捉起来了。第二天早晨，从斑竹园到长岭关，沿路树上、墙上都贴了标语，说丁家埠周维炯把民团局子踩了，领导了民团士兵起义，汤家汇、吴家店、斑竹园、福禄庵、白沙河民团，都被共产党缴了枪。整个商南地区，到处敲锣打鼓，人人喜笑颜开，庆祝共产党领导武装暴动的胜利。第三天，各路暴动队伍都到斑竹园会师，开大会宣布成立中国工农红军第十一军三十二师，师长就是周维炯，当场镇压了罗维楚和其他几个反动分子。

红军成立后，立即组织群众，开展了声势浩大的打土豪、分财产的斗争，连续打下了光山、罗山、英山、罗田、商城、霍山6座县城，开辟了河南南部5个县部分根据地，还配合皖西的红三十三师，开辟了六安、霍邱、霍山等县部分根据地。12月，红军攻打金家寨，周维炯带领一个连首先冲进城里，他手持大刀，一连砍死了几十个敌人，干部、战士无不敬佩周师长英勇善战，武艺高强。

第一次打英山时，周维炯是红一军第三师师长，他带领三师负责打原唐生智部韩杰旅的阻击。由于敌人兵多、武器好（三师当时只有300多人枪），我军一度受挫，他的左臂也负了伤，同志们要帮他包扎，他不愿，继续指挥战斗，并带领1个连向敌侧后突袭，打乱了敌人的部署，转败为胜。这时，红二师也赶来增援，两军会合，一直攻到英山县城，歼敌1000人。

1931年年初，红四军成立，周维炯任第十一师副师长兼三十三团团长。2月下旬，十一师向信阳以南的京汉路逼近。3月1日，我们得悉敌兵车一列向信阳南开来，周师长说："敌人又向我们送礼了，不能不收！"于是亲率三十三团，奔袭李家寨车站，控制了全站人员和设备，拆除了车站以南的铁轨，并在站内布置伏击。2日晨7时，敌兵车进站，周师长一声命令"打"，全团一齐向兵车开火。敌军未及还手，即被全歼，敌新编十二师第一旅旅长侯镇华被当场击毙，我军缴获了大量军用物资。周师长为了钓鱼上钩，又在车站以侯镇华的名义打电话给武汉"绥靖"公署，说路遇红军，要求派兵增援。果然下午有一列车敌兵来援，一个手枪营全部被我军俘获。

敌人遭到这次打击，大为震惊，郑州"绥靖"公署主任刘峙、武汉"绥靖"公署主任何成濬急忙调兵遣将，企图实施南北夹击。当敌岳维峻三十四师进至我游击区双桥镇时，我军突然出现，向敌人猛烈出击。由于敌人装备好、弹药足，又占有利地势，对我拼命抵抗。战至半日，双方都有很大伤亡，胜负难分。这时武汉敌人又派 3 架飞机来援，对我军威胁很大。周师长正在观察地形，准备组织冲锋，几个战士押了一个俘虏来，一审问，原来是个连长，并从他身上搜出一张地图。周师长向敌连长讲了我们的政策，敌连长主动供出了地图上岳维峻指挥部的位置。这时南面枪声大作，周师长高兴地说："这是三十一团的枪声，他们已开始进攻了！"与此同时，军部命令预备队二十八团和三十三团出击，他立即命令部队："冲啊！活捉岳维峻！"带领全团，冒着敌人密集的炮火，向岳维峻指挥部冲去。这时，地方党组织也发动了数千名赤卫军在周围山上打枪放炮，呐喊助威。岳维峻见势不妙，率领部分亲兵突围逃跑，周师长率领三十三团紧追不舍，活捉了岳维峻。这是红四军成立后第一个大胜仗，除被歼之敌外，生俘 5000 多人，缴枪 6000 多支，还缴获了大量弹药和军用物资。

1931年8月，周师长率三十一、三十三团第二次攻打英山县城。当时，英山城里有敌张汉泉1个团，连保安团一共2000多兵力。敌人凭城墙、护城河、铁丝网等坚固工事死守，特别是俯瞰全城的鸡鸣尖、船形山、凤形山，更是防守的天然屏障，各由敌1个连驻守。战斗一开始就不顺利，我们多次冲锋，都被阻击。中午，周师长重新整理了部队，做了简短的动员，他说："我们三十三团，是全军有名的钢团，不能叫这个小小的英山城难住了。我们现在牺牲一个战士，就要叫敌人十个百个还上！现在大家好好休息，下午3点进攻！"下午3点，他亲率三十三团攻击城西北角的船形山、凤形山等敌阵地，周师长和王树声团长带头冲锋，战士们犹如猛虎一般，猛打猛冲，船形山、凤形山之敌很快被歼。他又命令战士搭人梯登城，经过一个小时争夺，终于占领了北门和西门。战士冲进城后，和敌人展开了激烈的巷战，周师长手舞大刀，带头勇猛冲杀，打得敌人尸横满街。这时红十一师三十一团和红十二师1个团也趁势攻入城里，城里近2000名守敌全部被歼，还俘虏了敌团长张汉泉。

8月中旬的一天，周师长率三十三团配合红十师1个团，冒着酷暑，急行军100多里，奔袭漕河镇敌新编第八旅。由于我军行动迅速，敌毫无准备，经过一个多小时战斗，全歼该敌，活捉敌旅长王光宗以下1600多人，缴获了大量武器弹药。接着红军攻占广济城，直接威胁黄梅、蕲春，与江南湘鄂赣红军遥相呼应，有力地支援了中央苏区红军反"围剿"斗争。

红军南下不断的胜利，使得敌武汉行营主任何成濬坐卧不安，急忙调动了数万兵力阻击红军继续南下。敌第十军军长徐沅泉率四十一、四十八师各 1 个旅，由鄂西经武汉赶来堵击。8 月 30 日，敌 4 个团进入洗马畈地区，妄图把红军消灭在黄梅、广济地区。9 月 1 日夜间，趁敌立足未稳之际，三十三团从广济出发急行军，在离洗马畈 30 里处停止前进。部队集合后，由周师长做简短动员，他说："徐沅泉派 2 个旅来阻击我军，我们要彻底打破敌人的企图，要将敌人的先头部队消灭在洗马畈。三十三团是先头团，担任正面主攻，一定要打好，彻底消灭洗马畈之敌。出发！"他和王树声团长率领三十三团，急速跑了 30 多里，向敌阵地勇猛穿插，分割包围，一天同敌人拼了七次刺刀，王树声团长负了伤。为了争夺一个竹园林子阵地，周师长亲自指挥三十三团和敌人反复争夺五次，枪筒打红，刺刀捅弯。整个战斗，红军英勇顽强，歼灭敌人 3 个团。

正当我军将残敌 1 个多团包围准备全歼之时，张国焘一连来了几份电报，指责红军违抗分局命令，要红军立即回师。回师途中，张国焘开始了排除异己的所谓"肃反"的罪恶活动。他撤销了曾中生红四军政委职务，以"反革命""改组派"等莫须有的罪名，逮捕了许继慎、周维炯、肖方、庞永俊、熊受暄等一大批师团级干部。不久，周维炯这位商南起义的领导人、豫南根据地的开拓者、红军的优秀将领，被张国焘杀害了。

缅怀肖方同志

张贤约

肖方同志是罗田地区早期革命斗争和商南武装起义的组织者和领导者之一，是中国工农红军第四军第十二师副师长兼三十四团团长。1931 年 10 月，在王明、张国焘推行的"肃反"扩大化中，年仅 26 岁的优秀红军指挥员肖方同志，被张国焘诬陷为"改组派"而惨遭杀害。在短暂的一生中，肖方同志坚信中国革命一定会胜利，对党对人民的事业忠心耿耿。他英勇战斗，为发展壮大红军，创建鄂豫皖革命根据地而屡建战功。

1928 年春，商城县委在斑竹园的小河召开会议，传达了党的八七会议精神，研究了组织商南地区武装起义问题，选举产生了有李梯云、肖方同志参加的商南区委，具体负责商南地区武装起义的准备工作。1929 年 3 月，鄂东特委为便于领导商南地区武装起义，决定划商城南部、罗田北部为特别区，并建立中共特别区委员会，肖方为委员。5 月 4 日，临时县委在平头山穿石庙召开会议，决定了武装起义的具体行动：时间定为 5 月 6 日立夏节晚上，李梯云负责全盘工作，徐子清（徐思庶）、徐其虚担任起义总指挥，周维炯负责军事，廖炳国负责联络。

立夏节这天，丁家埠民团匪首杨晋阶，带着一个勤务、三个团丁，为查找土匪李老末溃兵的枪支去了牛食畈。党组织得知这一情报后，决定由肖方同志带领华尔中、廖家堂等八名精干的同志前去活捉杨晋阶。他们以给九爷（打入民团组织起义的周维炯同志）挑米为由，在晚饭前赶到牛食畈。入夜，华尔中等陪着团丁打牌，其余的同志，有的看牌，有的来来去去，暗中监视着杨晋阶和守在门口的勤务兵。二更天时，勤务兵去解手，肖方见时机已到，立即向廖家堂丢了个眼色，廖会意，也装着解手，跟了上去。肖方又悄悄碰了一下正陪团丁赌钱的华尔中，便一个箭步冲入杨晋阶的房里，从枕下摸出手枪，活捉了杨晋阶。与此同时，华尔中等同志也缴了团丁和勤务兵的枪。

这天夜晚，武装起义在统一计划下迅速展开。丁家埠武装起义成功，竹叶庵报捷，南溪赤卫军诞生，斑竹园、禅堂、吴家店等地民团被解除武装……捷报频传，立夏节起义成功了。

5 月 9 日，各路起义武装，带着胜利的喜悦会师斑竹园，宣布成立鄂豫皖边界地区第二支红军——中国工农红军第三十二师，下辖第九十七、九十八团，肖方同志任第九十七团团长。

红三十二师诞生后，肖方同志在周维炯师长指挥下，率领九十七团从桥口出发，转战于李集、南溪、岗家山、余富山、胭脂坳、椿树湾等地，打退敌人多次进攻，肃清了地主武装，保卫了起义基本地区，创建了以南溪、吴家店为中心的豫东南革命根据地。这一胜利加速了商城、潢川、固始地区革命运动的发展，有力地配合了鄂豫边根据地和红三十一师的斗争，同时也给皖西地区革命运动的发展以有力的支持和推动。

1930年4月，根据党中央指示，红军第十一军三十一师、三十二师、三十三师改编为中国工农红军第一军一师、二师、三师，肖方同志任红一军第三师副师长。部队改编后，红三师在军部直接指挥下，连续取得霍山、英山等进攻作战的胜利。

1931年1月，红一军与红十五军在商城长竹园会师，合编为红四军，下辖第十师、十一师和独立第一团，军长旷继勋、政委余笃三、参谋长徐向前，肖方同志任独立第一团团长。

1月中旬至4月中旬，红四军主力第十师、十一师由旷继勋、徐向前等率领，离开皖西，向鄂东黄麻地区出击，以主力突击敌人弱点，在运动中调动、消灭敌人。首先取得了店角楼、新集战斗的胜利，接着出击京汉线，又取得双桥镇战斗的重大胜利，歼敌第三十四师，活捉敌师长岳维峻。在这期间，肖方率领独立团留在商南六霍地区，配合地方武装，扫除敌人孤立据点，成为当时在皖西地区唯一的一支红军主力。

1931 年元月，部队在燕子河地区活动。一天，肖方同志从霍山党组织那里得到消息：国民党安徽省主席陈调元的警备旅在香火岭遭红军的夹击后，1 个团龟缩到霍山城里，1 个营放在黑石渡，作为该团的前哨。肖方果断决定，奔袭黑石渡，以隐蔽突然袭击的方式，消灭这一突出霍山十多里的孤立之敌。

当天下午，肖方带领独立团，从燕子河方向直奔黑石渡。天黑时，部队在一个小庄子附近吃了点干粮又出发了。夜里，雨夹雪下个不停，道路泥泞，行军十分困难，我们穿的布鞋经泥水一泡，实在没法走路，不少同志索性把鞋子扔掉，穿着布袜子继续前进。

我们走了整整一夜，天还不亮，先头部队已接上火了，听得见枪声和手榴弹声。部队一溜小跑，很快逼近镇子，向敌人发起猛攻，敌人遭到突然袭击，十分惊慌，拼命抵抗，妄图突围。由于天还不亮，肖团长命令部队把守路口，阻击敌人，不让跑掉。天刚一亮，战斗更加激烈，有一部分敌人冲出包围，向东逃跑，肖方立即命令我们三连紧追不放，一直追到东淠河边上。河那边小股敌人划着两条木船，准备过河来接应，结果船刚离岸就被我们的火力压回去了。河这边的敌人见船过不来，个个急得直叫喊，有的向河中心走去。

水很快淹到胸部。我们在岸上对敌人大声喊话，河里水深过不去，再向前去只有淹死，还是缴枪投降吧！敌人毫无办法，只好退了回来，缴枪投降。我们押着俘虏回到镇子时，已快到中午，镇上的战斗已经结束。这时从东淠河那边传来的枪声越来越近，霍山的敌人出动了。为了避开敌人的主力，肖团长命令全团迅速撤离黑石渡，向诸佛庵转移。我们离开黑石渡后，霍山城的大部敌人已赶到东淠河边，隔河相望，看见我军已经转移，气得敌人用迫击炮向我们乱放。肖团长风趣地对大家说："敌人为我们的胜利鸣炮送行啦！同志们赶快走哇！"

这一仗消灭敌人 1 个营，缴获了一大批武器，独立团的装备得到很大改善，原来的"汉阳造""老套筒"换成了"捷克造"，换下来的武器留给了地方赤卫队。

在诸佛庵活动一段时间后，部队向徐集、丁集方向出发。丁集有个比较大的地方反动武装叫红枪会，究竟有多少人，谁也说不准，有的说三五百人，有的说上千人。传说这些红枪会，人人喝了佛水，刀枪不入。独立团还没到丁集，红枪会就扬言要决一死战。肖方团长对红枪会很有办法，他把全团集合起来，站在高高的土台子上，给大家讲："我们的人不要分散，不要小股零星出动，火力要集中，统一行动，一声令下，一齐开火。"这一招果然很灵。战斗一开始，敞胸露怀的红枪会，手持大刀长矛和棍棒，大喊大叫，发了疯似的一拥而上。我们摆开阵势，沉住气，等敌人接近，肖团长一声令下："打!"几百条枪一齐射击,敌人应声倒下一片,没死的拔腿乱跑,有的跑到田冲里,有的跑到山岗上。肖团长又让部队展开政治攻势,争取红枪会中的穷苦弟兄回到革命的一边来。经过喊话宣传,很快瓦解了红枪会,由地方党组织派人进行整编,组成赤卫队,打起红旗,进行了打土豪分田地斗争,建立了红色政权。

1931年3月的一天,肖方率领独立第一团在追击敌人送军饷的汽车时被沣河所阻。这时从老乡那里得知,对岸河口集,前不久驻进敌人1个营。肖方当即决定,趁敌人毫无准备的情况下,打他们个措手不及。沣河的下游是城西湖,与淮河相通,河面并不宽,但水很深,河里有很多木帆船,肖方命令三连:想尽一切办法使全团过河,占领河口集,消灭敌人。三连迅速组织老乡把木船架成简易浮桥,全团很快就通过沣河,进了河口集。敌人得知我们渡河到了集上,惊慌失措,乱作一团。我们的部队迅速展开,当侦察到敌人驻在集上三个大院子里时,肖方把驳壳枪一挥,指挥部队很快把院子包围起来,敌人还未来得及进工事,就在院子里缴械投降了,200多人统统当了俘虏。这一仗缴获了不少武器、弹药,还有马匹、独轮车等物资。我们在河口集住了三天,地方党组织很快发动群众,建立起乡农会,打土豪、打老财、开仓分粮,缴船分盐、分布匹,除群众分得的以外,部队也补充了一些粮食、食盐、衣物,并将一批布匹、食盐等物资,动员老乡用独轮车运往叶家集交给后方机关。部队随后离开河口集向乌龙庙开进，乌龙庙的敌人得知河口集失守，立刻仓皇逃跑了。我军在乌龙庙住了两天，便向黎集、叶家集进发。至此，霍邱南部大顾店、河口集、乌龙庙、叶家集一带地区全部解放。

4月中旬中央教导第二师改编为红四军第十二师，肖方任副师长。部队改编后，肖方同志立即和师长许继慎同志率领部队，投入了鄂豫皖第二次反"围剿"的斗争。

阜阳起义[*]

申明甫

    1927 年夏，蒋介石、汪精卫相继叛变革命，在西北军内部进行了"清党"反革命活动，白色的恐怖阴云笼罩着广大陕、甘地区，国民党特务四处探查我党的活动行迹，一有发现，立即进行逮捕杀害。为了保存革命力量，待机开展新的革命斗争，上级党组织决定，除留下一部分革命同志继续坚持地方秘密工作外，其余的同志均需迅速转移到外线开展工作。于是，在上级组织的安排下，我于 1927 年冬到了杨虎城部第十军的驻地——皖北太和，见到了魏野畴同志。当时，魏野畴同志在第十军担任政治部主任，是我军地下党的军委书记兼中共皖北特委书记，他将我留在政治部担任宣传干事。

    当时，驻防在阜阳的高培五（即高桂滋）部的第四十

---

  * 本文原标题为《四九起义点滴追忆》，收录时做了适当修改。

七军内部，已经进行了大范围"清党"活动，军内的一大批党员同志被迫离开，我党在高部的工作开展受到了很大影响。为了恢复在四十七军内部的党组织工作，上级把我安插到四十七军军部手枪队担任了中队长一职（高桂滋的四十七军由西北军改编而来，军内多为陕西人），内部仅有秘书处的一个党员，外部有一个交通员。

1928年正月间，高桂滋部正在皖北招募新兵扩充自己的实力，魏野畴同志来到阜阳后，指示我打入招募处，利用招兵的机会，尽量多安插一些党团员和进步青年。很快我就搞到一张军部巡视员的证明，到四乡巡视招兵情况，顺便接纳一些地方党组织转来的同志。

起义前两天，交通员通知我召开紧急会议，地点在城外一个公园亭子里。我以散步的方式走出城外，到了目的地才发现亭子外部有人警卫，接上暗号才被准允进入。魏野畴同志主持会议，分析了当时皖北形势，决定举行武装起义。胡怀西任第一敢死队队长，具体任务是占领东门，迎接驻在三里湾教导二团的起义队伍进城；我任第二敢死队队长，具体任务是点信号火。发出信号后，解除警察局的武装。会议决定由魏野畴同志当时任总指挥。约定起义后，两路队伍在城东南角的宝塔下会师。

会后，我找到支部的几个同志，分别传达了特委的紧急决议，通过党团员把一些进步士兵动员了起来。4月8日夜里，为了慎重起见，我指派了两名党员在部队外面值勤，防止事前泄露秘密。黄昏时，下了暴雨，营房里人们三五个一群，凑在一块谈天气，叙家常。我急迫地等待着起义时刻的到来，心情怎么也安定不下来，于是披上雨衣，走出营外。刚过10点，我又向贡院街伙房走去（按照计划，在留守司令部的厨房里点火发信号），只见几个炊事员正在收拾炊具。我说："天已经不早了，还下着雨，快休息吧！"打过招呼，我瞟了一眼伙房，除了锅灶、案板、炊具外，就是米、面、油、盐，灶门口有一堆煤和木柴，院内还有一堆柴火。到时候只要把木柴点着，外面人一见信号，惊天动地的工农兵武装大起义就要开始了。

我回到营房，又检查了一下准备情况，见没有什么动静，就躺在床上暂时休息。11点55分，我把大家集合起来，简单地讲了几句话，交代好任务，就开始行动。

营门外的几个流动哨，当即被我们解除武装。刚走到街口，迎面碰见一队巡逻兵，他们问我们是干什么的。我还没答话，士兵们就开了枪，巡逻队前面的人被打倒，后面的边跑边还击，我们急于去执行任务，没有追击。

到了伙房，我准备按计划点火为号，但却出了点意外情况，木柴一时点不起火。此时外面已能听见司令部里紧急集合号声和零乱枪声，时间非常紧迫，不能久等，我一眼看见床上堆着几条紊乱的棉被，便端起煤油灯往上面一泼，擦着火柴，轰的一声点燃了。我提着驳壳枪，大喊一声："砸警察局去！"这时的外面雨大风急，地下有脚脖深的积水，我们顾不得更多，便踏着积水向警察局跑步前进。

不承想警察局早有准备，大门紧闭，戒备森严，房顶上还有人居高临下地射击。我们不能逼近，只能凭借街道两旁的建筑物进行还击。这时城内外枪声大作，人声鼎沸，敌人已经全部出动。我抬头向司令部厨房方向看去，只见茫茫夜雨，本应是从这里发火为号的联络信号，这时却不见一点星火，顿感到形势险恶，必须立即撤离。

此时的大街小巷乱哄哄的尽是敌人，因为我们穿的是敌军军装，就在敌人堆里穿插前进，遭到狡猾的敌人盘问时，就打他几枪。忽听东面枪声激烈，我判断了一下，大概是东门，可能怀西和他们打起来了，当即带领起义部队向前奔去。等我们赶到东门时，战斗已经结束，枪声由东南向正西方向转移，城墙上黑压压地站满了人，城门口岗哨林立。一个军官模样的人上来盘问，我说是奉命追剿叛乱部队的。他要证件，我说有，匣子枪一挥，把他撂倒，便乘机带队闯出了东门。

来到宝塔脚下时，部队还剩 40 人。但这里空荡荡的，除巍巍宝塔耸立在风雨中外，别无一人。我正在焦急，不知下一步该怎么办，忽见坡下钻出一个人来，原来是刘俄殷同志，他向我传达了魏野畴的指示，叫我立即率队奔赴行流集集合。行流集在城西北，大约 40 里，我们现在在城的东南角，如果直线撤向行流集，必然与敌人遭遇，只能迂回前进。于是我们 40 多个人，从塔下向东南方向走了几里路，找到一条渡船，渡过了大沙河，而后沿河东岸向行流集疾进。

大约走了十五六里，风停雨住，天已微明，晨雾茫茫，隐隐约约听见前面人声嘈杂。我整理了一下服装，提着驳壳枪，带了两名战士走在前面。半里路外有一座大桥，桥上有一群人，走近一看，乱七八糟地有三四十人，穿的是长袍短袄，拿的是红缨枪、大砍刀，只有七八条老套筒。为首的一个人，有三十多岁，斜披着衣衫，袖子扎在胸前，背后插一把大刀，腰里掖着匣子枪，有人喊他"师爷"，也有人喊他"营附"。原来是地方土顽武装"红枪会"，他们已接到城内通知，在这里堵截搜捕共产党人。我大踏步地走上桥去，说是四十七军留守司令部的搜查队，搜捕城内逃出的起义分子。他见我们武装整齐、枪支齐全，误以为真，便请我们到他们那里吃早饭。激战一夜，奔波到现在，又饿又累，加之天已大亮，我们对道路不熟，白日行军目标太大，不如先吃饱饭休息。我略一沉思，就率领部队和他们来到一个村里，那家伙立即命人准备早餐。我观察了一下地形，这里像一所地主庄园，四面有壕沟围墙，宅子路口只有一条通道。房里也很讲究，一座大院子，一律是砖墙瓦顶，大厅东屋有一个电话。我立即在庄外派了岗哨，并派人守住电话。吃饭时，那家伙点头哈腰陪我说话，流露出他们迫切需要一部分枪支的愿望。我满口答应，要他把人集合起来，点清人数好发枪。他高兴地把人集合到了院内，我见他毫无准备，一挥手，战士们扑上前去，缴了他们的械，并把这些人关在西屋里，锁上门，又加派了岗哨，严密地封锁了村内村外的交通。战士们吃饱喝足，美美地休息了一天，当天晚上，我们又奔向行流集。

当地的赤卫队员把我们领过河后，走不远就来到一所学校，党的组织和农会都设在这里。曹力如、张希会同志听说我们来了，从外村赶回来，向我介绍说："行流集北连太和，驻有杨虎城部的第十军；南接阜阳，驻有高桂滋的第四十七军；东是蒙城，驻有安徽驻军柏文蔚的部队。这里的群众基础很好，农民已经发动起来，贫农会、妇女会、青年会、儿童会已经建立起来，有的还成立了农民赤卫队。"经过商定部署，我们于当天上午成立了皖北苏维埃政府和皖北工农红军。

政权刚建立，工作繁忙得很。群众情绪特别高涨，方圆几十里的农民都行动起来了，夜以继日地打土豪、分财物。武装力量也发展很快，三天内就组织了3000多人的农民赤卫队，正式武装发展到1100多人、400多条枪，但都没有经过军事训练，缺乏作战经验，而且人员分散，没有集中起来。

一天，梅庄的农会找到苏维埃政府，要求派一部分武装，帮助他们打土豪。我身边无别人可派，和曹力如商量一下，决定由我带两名士兵去梅庄，到那里看看情

174

况再说。梅庄在大沙河西岸，离行流集有 20 多里，天黑时才赶到，农会会员已经在这里聚齐。我挑选了一二十个年轻力壮的组成突击队，和我们一块儿走在前面，其他人员在后面。

梅庄的这家地主听说农会搬来了红军，早吓跑了。我们打开庄门，由农会组织人员把衣服、粮食分发给贫苦农民。折腾到半夜，才把东西分发完，他们硬留着吃夜饭，待到吃饭时鸡已经叫了。饭还没有吃完，就听见远处有迫击炮和机关枪声。我放下饭碗到外边一听，是行流集方向。我心里一怔：敌人摸上来了，必须立即撤回。农会主席和五六个突击队员要求和我们一块儿去，我们还未到行流集，就遇见了敌人的骑兵。刚一接触，我们的人就被冲散了。敌人骑着马，挥着战刀冲了过来，我和两个战士趴在一个坟堆里进行射击，射中了两匹马，我们的战士也一个受伤，一个跑没了。敌人又包围了上来，我甩出一个手榴弹，趁机从坟堆里跑到地头一个小河里，在水里藏了一天，夜幕降临后，我从河里爬出来，摸到一个村庄，庄外有一个破草屋，我想是普通老百姓家，才叫门进去。

这里住着一对老夫妻，望着我身上的红布条和胳膊上的红袖章说："你是跑出来的吧？天黑时，当兵的还在搜查，快走吧！"我问他们行流集的情况，他们说不清楚，只知道打了一天仗，杀了很多人，农会的人也跑了，官兵抓走了很多人，并说情况危险，建议我立即离开。

这里不能久停，我急忙向西北方向走去。第二天，在路上遇见了从行流集脱险的王文培同志，得知在敌人大包围中，起义失败了。

参加阜阳四九起义[*]

刘贯一

我原在冯玉祥部队总政治部宣传处当科员，1927 年大革命失败后，宣侠父、刘志丹、曾晓渊、蒋听松、方仲如和我等 30 多位同志于 7 月 16 日被押送到冯军与唐生智军的交界地武胜关。押送的人把我们佩戴的符号收走后，对我们说："你们不能回河南了，谁回去就是犯罪。"

于是，我们在武胜关车站工人的帮助下，到达了武汉。经刘伯坚同志安排，我做了一个月党的地下交通员。当时，高桂滋部驻防在淮阳、汝南一带。党组织把曾晓渊等送到了驻马店，分派到第十九军高部工作，我被分到六师一团当指导员，王世英也在一团工作。

9 月间，十九军军部由淮阳移驻到太和，一团先是驻在界首，后来驻在了太和的原墙集。这时，杨虎城部也由商丘

---

* 本文原标题为《回忆阜阳四九起义前后》，收录时做了适当修改。

转移到皖北休整。高桂滋便联合了杨虎城，击退了阜阳驻军——孙传芳部的秦庆麟师。大约在 11 月，高桂滋军部又移驻到了阜阳，六师进驻蒙城，杨虎城部进驻太和，中共陕甘区委宣传部部长魏野畴同志也被杨虎城任命为第十军的政治部主任。

曾晓渊到了高桂滋部开展工作后，根据上级党的指示，在十九军中建立了特委，曾任书记，张庆孚、程宗浩为委员。当时皖北驻军除了高、杨两部外，在太和境内还驻有王金韬的 1 个师，界首又驻有萧之楚的四十四师。这四部分军队既不隶属于南京，也不听命于武汉，并且在某种程度上还受冯玉祥的歧视。曾晓渊便与魏野畴商定，召集四部分队伍中党组织的领导人在太和开会，决定搞好联合，坚持北伐。

不料高桂滋刚到阜阳不久，便投入了蒋介石的怀抱，改名为第四十七军，加紧"清党"工作。曾晓渊和魏野畴研究后决定，把一部分身份暴露的党员转移到了杨虎城部队，未暴露身份的党员同志仍留在高桂滋部队隐蔽起来。于是，我和曾晓渊、程宗浩一道离开了高部，分坐两条船由蒙城到达蚌埠。到南京后，曾晓渊去了上海，以后转到安庆任安徽省委秘书，我和程宗浩一起到了武汉。

1927 年冬，湖南省委派南汉宸同志来到皖北，传达党的八七会议精神，并且散发了鹿钟麟署名的《旅俄视察记》。这时，杨虎城又请南汉宸帮他办军校，并任命南为军校校长。接着，昌绍先、谢祥荫、吴岱峰等同志都被安排到军校当队长，蒋听松担任了军部秘书长。在此基础上，南汉宸在第十军组织了特委，由南汉宸任书记，魏野畴任组织委员，蒋听松任宣传委员。

1928 年初，蒋介石派韩振声来威逼杨虎城"清党"，要他把南汉宸、魏野畴、蒋听松等逮捕起来。对此，杨拒绝执行命令，他一面秘密地把南送走，一面暗地通知魏野畴、蒋听松离开部队。而他本人则偕夫人谢葆珍、秘书米暂沉去了南京，准备面见蒋介石，然后赴日考察。杨走后，第十军由孙蔚如负责。于是，孙蔚如把军队中已公开暴露身份的共产党员十多人"礼送出境"。南汉宸离开部队后，到了亳县、鹿邑、柘城去联系红枪会，发动农民，准备暴动。魏野畴则在阜阳城组织了皖北特委，任书记，成员有张又有、高某某等同志。他们研究后决定，首先组织高桂滋部教导团的起义，然后再发动农民暴动。

1928 年初，我给党中央召开的五省联席会议代表送信，认识了河南省委的晋憎同志，他介绍我到河南省委工作。但当我去开封接关系时，开封的机关组织已经被破坏了，我只好又回到太和。

当我走进太和城时，见北门贴有反对共产党的标语，知道情况已有变化，决定冒险到政治部去找姜纯孝。接待人叫住我，问我与姜是什么关系，我说是同学，他问是大学同学还是中学同学，我说是大学。他知道我是党员，就告诉我姜在蒙城艾捷三的营内，并告诉我魏野畴已经转移到阜阳去了。艾捷三是我过去发展的党员，姜是陕西人，于是我赶往蒙城找到了他们，请他们把我离开高桂滋部队后的经历转告魏野畴。魏指示我留在蒙城，准备组织县委。这时，我才知道魏野畴等同志离开部队以后，为了挽救革命，即和阜阳地方党委的组织组成了中共皖北特委，着手做农运、军运工作，在农村、部队中大力发展党员，建立了党的组织。从此，我便在皖北特委领导下开展工作。

艾捷三的营里有十余个党员，但地方上没有党组织。此时，特委指示我们准备暴动。我们讨论后，报特委批准，拟由艾捷三担任红军司令员，姜纯孝担任蒙城县苏维埃政府主席，我任县委书记。

这时，皖系军阀柏文蔚的1个师开到了太和附近，高桂滋急令艾营开到徐州以西，待命北伐。我们向特委请示去留问题，魏指示，艾随营北上，我和姜造成恐怖状态后到皖北特委来。于是，我们买了一些红绿纸，写了一天标语，内容是共产党万岁、红军万岁、打倒"刮民党"、打土豪分田地、工农兵联合起来、劳动人民联合起来，等等。夜里，我拿扫帚抹糨糊，姜纯孝管贴，特别是北门内大街和县党部门口贴得最多。

我来到阜阳城后，改名刘明轩，在特委机关工作。特委宣传部部长胡英初是我在华北结识的老战友，他向魏介绍后，便要我任副部长，和他一道工作。我们住在城内的一个离北城墙根不远的地方，吃饭常到一个小饭店里。为了不引起反动势力怀疑，我们经常是工作到深夜才敢回去。胡英初高度近视眼，人长得很瘦，像个斯文学者，有次雨后吃晚饭回来已经很晚了，他因视力不好，跌进了庙前水沟里，浑身衣服都湿了。我把他捞上来后，两人又好气又好笑。从此，晚上出来就更加小心了。

经过不到两个月的艰苦工作，皖北各县共发展党员1000多人，农协会员6万多人，农民赤卫队员3000多人，高、杨两部中的党组织也有了很大发展。中共皖北特委根据阜阳地方上的情况，做出了发动阜阳起义的决定。随后，召开了一系列会议，成立了皖北革命军事委员会，制订了起义计划，同时要求皖北、豫东等县一起配合起义。计划首先在阜阳发动起义，占领县城，建立皖北苏维埃政府，尔后割据皖北，向西南发展，同鄂北豫南结合起来。

为了进行起义准备，魏野畴派我到城西北40里的行流集去开展工作。行流集靠近颍河，河东有个集子叫王官集，那里有个学校，校长是党员，我就住在学校里，和高梁东同志一起走乡串户发动群众。一天接到特委紧急通知，叫我连夜赴界首去发动萧之楚师的兵暴工作。我到萧部后，找到了政治部主任王铸九和支部书记，开了个支部扩大会。此时，我党在该师掌握的武装只有三四十条枪，基础较为薄弱。我们商定了计划，制定了标语口号和联络暗号，准备配合阜阳起义，把革命力量汇合在一起。

1928年4月9日，阜阳农民赤卫队、革命士兵和其他革命群众，在中共皖北特委的领导下，在皖北率先举行了武装起义。9日凌晨，四十七军教导团首先起义，打死打伤反动军官30多人，经过连夜激战，一部分队伍向行流集挺进。当天中午，在行流集、王官集召开了万人大会，成立了安徽省第一个红色政权——皖北苏维埃政府，选举李端甫为主席、李烈飞（又名李力果）为副主席。大会还宣布成立以昌绍先、杜聿德为正副指挥的皖北工农红军，通过了《临时土地法》《临时工会法》和《农民协会组织纲领》等文件。

起义的迅速发展，吓坏了国民党反动派。他们迅速组织了反革命军队对新生的红色政权进行反扑。由于敌我力量悬殊，经过激烈战斗，起义不幸失败，魏野畴、杜聿德、昌绍先、胡英初等同志先后英勇献身。

起义失败后，姜纯孝跑到界首找我，他背了一条陕西产的地毯，神情紧张，告诉我阜阳起义失败了，魏野畴下落不明，昌绍先战死，杜聿德被俘，并说太和、亳县都没行动起来。当晚，我们正在研究界首工作应该怎么办时，师部派传令兵把我和王铸九叫去。萧之楚一见面就声色俱厉地说："王铸九，你干的好事呀！你一个人干不行，又请来一个！"他不容分说，就把我俩禁闭起来。第二天一早，又派了一个班人押着我们往西走了大概18里路，到了纸店集，把我们交给团部。那个团长和王铸九很熟，饭后告诉我们说："你们搞共产，军队不能容，驱逐出境后，就不要回来了。"

王铸九从此回家，我因为知道蒋听松在亳县特分委，王世英在鹿邑冯钦哉部当参谋，就奔亳县而去。不料，亳县、鹿邑的党组织也都遭到破坏。于是，我辗转到开封，冯玉祥又介绍我到《河南民报》当记者。

我到河南民报社不久，开封市委杨子健来找我。接着，高望东、南汉宸、胡景陶都来了，于是我们决定以报馆作为党的秘密机关，代号刘有生（豫省谐音），这样陆续接触到一些从皖北来的同志。脱险的同志没有因起义失败而泄气，继续在皖北农村坚持斗争，不少同志后来成为领导骨干，继续为党做出了应有的贡献。

高山暴动[*]

倪南山

贵（池）、秋（浦）、东（流）地区是指主要以秋浦的高山为中心的广大地区，这里向东伸展接祁门的大洪山脉，向西南伸展接祁门、浮梁的龙头岭（仙女山脉），并直通秋浦、彭泽、都昌、都阳交界的五山，向西北伸展 30 多里，是丘陵地带和大平原。高山地区经济落后，政治复杂，特别是北伐战争以后，连年的匪祸、旱灾、水灾，更是加重了劳苦大众的生活负担，大量的工人失业，农民破产，人民群众的生活日益贫困，生活苦不堪言，革命斗争的热情和需求越来越高涨。

1934 年农历十二月二十八晚上，正是反动阶级忙着过年的时候，在中共贵秋东中心县委的领导下，以贵池的郑家村为中心，包括虎山徐家、东岗、洪水团一部分，和九里

---

* 本文原标题为《高山暴动前后》，收录时做了适当修改。

岗、石岭一带，爆发了武装暴动。

参加这次暴动有组织的农民在千人以上，历时九天，暴动的口号是：以武装暴动来迎接皖南苏维埃和红军独立团。由于暴动胜利后的兴奋和乐观，缺乏必要的警惕性，竟杀猪宰羊大摆酒席，在离敌人大本营——安庆 100 余里的虎山、徐家平原地带停留三天之久。当皖南红军独立团西进到贵池高坦附近被敌人拦阻不得过来时，暴动队伍内部才慌乱起来。

1935 年正月初二，丁香树、牌楼、高坦等地反动地主武装，在安庆独立营的支持下，疯狂地向农民队伍扑过来，暴动队伍与敌人周旋了九天，最后在贵池西南部山坑里面一个支坑——湖山，被敌人全部扑灭了。

农民暴动虽然失败，但党的大部分组织仍然存在。他们立即把领导重心转移到秋浦的店龙保、七里欧、高山、九都塔和东流的东庄、八家里、赖田、青风岭、源坑方家一带，继续组织和发动群众，为以后的农民暴动准备条件。

1935 年 1 月，红军北上抗日先遣队"皖南行动"失利后，疯狂的敌人并不罢休，他们调集大批部队对红色区域继续进行"清剿"，宣称要"踏平苏区""将共产党斩尽杀绝"，整个闽浙皖赣苏区经受着一场空前的洗劫。当时，皖赣边区的革命中心、皖赣特委所在地大坂被敌人攻破，特委书记柳真吾转移到彭泽，分区司令员周成龙、皖赣红军独立师师长匡龙海、政治部主任王丰庆等率领部队经过七天七夜的浴血奋战，冲出敌人的包围，在祁门的历口，与原北上抗日先遣队侦察连连长江天辉带领的部队不期而遇。1935年初，他们甩掉尾追的江西之敌，来到贵秋东边区。

在人民群众的支持下，红军一到贵秋东就打了几个漂亮仗。先后消灭了姚黄、麻石岗、金村、源头李家的反动地主武装，打死打伤敌人50多名，缴获大量枪支弹药，接着袭击了栗阳街之敌，建立了游击战争的立足点。3月下旬，又化装成换防的敌人保安队奇袭洋湖镇，击毙敌人中队长，打死打伤敌人20多名，俘虏30余人，缴获长短枪40余支，子弹2000余发，改变了我军几个月来被动挨打的局面。

1935年6月，各路部队的负责同志在高山石门洪家举行会议。会议分析了敌情：江西方面之敌，正忙于尾追红军两大主力，"清剿"苏区，一时无暇顾及皖南；对付贵秋东红军的安徽保安旅到芜湖调防，途中互相倾轧，团长被刺，内部矛盾激烈，一时也难以回来。在这块土地上，敌人兵力较弱，空隙很大，利于我开展武装斗争。会议最后做出四点决定：（一）建立以高山为中心的革命根据地。（二）匡龙海、江天辉率一部分武装到都（昌）湖（口）鄱（阳）彭（泽）边区开辟新的苏区，以便与高山根据地南北呼应。（三）统一贵秋东边区党的领导，成立中共江南特委，由周成龙、王丰庆、黄天贵、余文先、江从新、欧阳斌和我七人组成，由原赣东北省委委员周成龙任书记。（四）统一军事指挥，将活动在皖赣边区的三支红军队伍，即长江游击大队、皖赣游击大队、皖赣红军独立师共 570 余人，整编为江南红军独立团，杨艳溪任团长，王丰庆任政委，杨春标任参谋长。

石门会议之后，我们以高山为中心，采取分散行动、定期会合、波浪式向前推进的方法，吸收那些苦大仇深、革命立场坚定的农民入党，很快恢复了原来的党组织。此时离高山较远的黄村、姚村、青峰岭、丁香树、炼丹石也都有了党支部，根据地不断扩大。为了便于领导，江南特委对原有的党组织进行了必要的调整，取消了祁秋贵中心县委，建立起贵秋、贵东、贵祁三个县委，分别由余文先、黄天贵、江寿康（后黄国太）任县委书记。各县下辖若干区乡党组织，并有自己的武装力量。

为了使贫苦农民彻底翻身解放，进一步调动他们的革命积极性，推动革命更加深入地发展，江南特委经过认真研究后，决定：在区乡苏维埃政权比较稳固的地方实行土地改革，首先在特委的所在地高山区进行土改实验。区委书记江天辉在动员大会上，号召高山的广大贫雇农紧密地团结起来，打倒国民党反动派，打倒土豪劣绅，实行土地还家，夺回一切劳动果实，积极支援革命。会后，农民团迅速展开行动，将当地的地主豪绅抓了起来，收缴了他们的枪支弹药，没收了全部财产，并焚烧了田契、借据。然后，在高山地区，以乡为单位将土地集中起来，按人口平均分配，地主、富农也分得了相同数量但相对比较贫瘠的土地，在一定程度上纠正了1934年土地改革运动中的"地主不分田，富农分坏田"的"左"的错误做法，减小了土地改革的阻力。

高山区的土地改革运动，不仅使本地农民的革命积极性空前提高，而且对周围地区的革命运动也产生了深远的影响。短短的一个多月时间内，东到源头李家，过王田、占波、大堰、栗阳街、沙山、波里、万亩坡、东岗、洪水团；南到姚黄、麻石岗、白水张家；西到高低岭、马田、张溪镇、八都；北到青峰岭、赉田、湖田铺、殷家汇的广大乡村地区都实行了土地改革，分田分地的红色风暴席卷了整个贵秋东边区。

人民群众有了自己的政权，有了自己的土地，这是穷苦农民做梦也想不到的事。他们积极响应党的号召，从事各项政治运动，勇敢地参加武装斗争，自动组织起来学文化、唱红色歌谣，宣传男女平等、婚姻自主，与旧的习惯势力做斗争。根据地到处都是欢声笑语，人们的精神面貌为之一新，革命积极性愈益高涨。江南特委抓住这一大好时机，决定领导贵秋东祁人民举行新的武装暴动。

1935年农历八月十五中秋节，1800多农民分别在高山、火龙坑、洪家堰、北山欧纵横七八十里的地区同时举行暴动，推翻了根据地周围的反动政权，解除了反动武装，以高山为中心的革命根据地正式形成。

随着中秋暴动的胜利，根据地内的各级苏维埃政权普遍建立起来。江南特区苏维埃在北山欧四房村建立，主席欧阳斌，肃反委员会主席何少奇，后由我继任。特区苏维埃下设土地部、交通处、煎硝处、制服厂、医院等机构。贵秋县苏维埃政府同时宣告成立，主席由欧阳斌兼任，下辖5个区、16个乡苏维埃。贵东县苏维埃政府于八月末在青峰岭成立，主席张士其，下辖6个区、22个乡苏维埃。

贵东县苏维埃成立那天，红旗招展，锣鼓喧天，青峰岭上到处都贴满了标语，会议的主席台中央横幅上还写着"赤化江南"四个大字。此次大会由县委书记黄天贵主持，县苏维埃主席张士其宣读上级的指示，同时宣布县土地改革委员会正式成立，还选举通过了各乡苏维埃政权的负责人。听到这个振奋人心的消息，广大人民群众群情激奋，斗志昂扬，"拥护苏维埃政权""打倒一切反动派""赤化江南"的口号声震天动地，传遍会场的每一个角落。

中秋暴动胜利以后，群众的斗争情绪极为旺盛，许多青壮年踊跃参加江南红军独立团。贵东、贵秋、贵祁三县都成立了游击大队，区、村都有游击队、赤卫队、梭镖队等不同名称的武装组织，连老人、小孩都加入了保卫根据地的行列。为了发展地方武装，更加有效地与地方反动武装做斗争，特委又从独立团中抽调50余人，作为军事骨干分配到三县游击大队中，归各县委领导，统称江南红军第一、第二、第三游击大队。到 1935 年年底，第一、第二大队各有 90 多人，第三大队 50 多人，在保卫根据地的斗争中起了十分重要的作用。

濉溪县百善暴动[*]

赵元俊

1930 年农历闰六月十三，百善、临涣地区的农民，在党的领导下，组织了武装暴动，建立了工农红军第十五军第一团，在淮北点燃了革命的火炬。

这年麦收后，上级党组织从六安县派来一位姓李的同志，他是以军委的身份来宿县发动农民暴动的，所以大家都称他为李军委。李军委在宿西活动时，在胡楼村党的一次会议上传达了上级党组织的指示精神。大意是：国共两党分裂以后，广大的共产党员惨遭反动势力杀害，我党吸取了这次斗争失败的深刻教训，决心要掌握属于自己的武装力量。另根据中央指示，各地党组织要乘军阀混乱的有利时机，举行全国暴动，哪怕只有一个共产党员也要把红旗竖起来，配合全国行动，争取一省或数省的首先胜利。他还结合本地形势

---

* 本文原标题为《忆濉溪县百善暴动》，收录时做了适当修改。

说：在皖北宿县这一带，党组织建立较早，过去农民协会对土豪劣绅、北洋军阀进行过斗争运动，群众基础较好。他还把他在六安打游击时，被敌人围困在山上，三天只喝米汤、坚持斗争的事迹讲给大家听，激励大家不要怕苦，要勇于斗争。参加这次会议的有胡楼村的陈钦盘、陈钦元兄弟与史广敬，以及后李村的陈望坡和我。后来李军委又在前赵营村赵西凡、赵建五家召开了一次会议，讨论了武装暴动的具体计划。

闰六月上旬的一天，柳子集团丁下乡催收捐款，当其到达胡楼村时，党组织乘机把团丁的枪收缴了。陈钦元等人当着团丁的面竖起了带有镰刀斧头的红旗，并说："你们听着，我们共产党是代表穷人的，不准你们向穷人征捐要款。我们还要打团防，你们也是受苦人，要记住穷人不能欺压穷人，愿意干的就跟我们一块儿干，不愿干的就回家好好种地。"这件事发生后，不能停下来不动，于是就决定于闰六月十三行动，比宿东、宿西的统一行动计划提前了。

次日拂晓，暴动队伍从胡楼出发，清晨在前赵营村东门外宣布建立红军，红军旗帜右侧边一行小字写着"工农红军第十五军第一团第一连"。胡楼编为第一排（包括后李家），排长陈宜谦；前赵营编为第三排，排长赵殿章，约50人枪（陈老家和后赵营未行动）。

随即向百善进军，攻打团防局。在我们出发之前，前赵营地主赵宗志密使赵宗壁抢先一步送信给百善绅士黄海观，泄露了我们的行动计划。连队尖兵赵元俊、陈钦元、裴贯明等人到达百善集西南园时，发现敌团防有准备，突袭不成。等整个连队来后，团防的一个排长从圩子里出来说："不要误会，咱们都是乡亲，有话可以商量，不要动武。不缴粮不纳款，要枪要子弹的事，我回去给局长说说。"当我们表示不同意时，狡猾的敌人看到我们手持红旗和武器，来势凶猛，就边说边走到圩子里去了，紧接着一场激战开始了。

我们组织了多次强攻，终因敌人据寨防守严密，未能攻克。战斗中，赵礼秀、赵贯一等率武装前来会合。近午时，我们向西南方向转移，途中在百善西南隅黄林活捉了前团总谢省三（他是去临涣求援兵的）。继至赵海孜村，与地主武装又发生冲突，战斗到太阳西斜时，才将土豪家丁打退。这时，临涣区的农民武装孙铁民、徐从吉、李景福、张怀善、祁士彬、陈宜汉、吴长锐、吴增才、濮育才（后叛变当国民党县党部书记）等也赶来在海孜南王庄会合，黄昏时进驻徐楼村。

六月十四拂晓到达了叶柳湖，与该村党的武装干部陈之言、张华坤等会合，此时已会集百余人枪。约9点，百善、临涣两区敌团防从北、西、南三面将我包围。我们利用村庄的碉堡据守，击退了敌人多次进攻。鏖战至黄昏，李军委命令向东转移，第七班担任后卫（我随七班后卫）掩护。正转移时，敌人总攻开始了，在激烈的枪声中，我们边战边走，结果被敌人击散。当掩护队最后离开村子时，我发现团总谢省三脱逃，于是回过头来追至村边一坟地，将其击倒在地。这时我回家一看，村庄起了火，敌人又在毁灭村庄。我怒举驳壳枪，对着火光连放几枪，方东去寻赶队伍。队伍行至干鱼头，仅剩下十余人。六月十五黎明赶至四卜南某地，东方大白，不能再前进了，遂选择一高粱地隐蔽。这时，连同李军委尚有七八人。

暴动失败后，孙铁民隐蔽在宿县四职中学的桑园内，被叛徒出卖被捕，在监狱受尽酷刑拷打，毫无幸生之念，怒目对官吏说："我是共产党，要杀就杀，不必多问，暴动是我干的。革命不怕死，怕死不革命！为民除害，虽死犹生！"在赴刑场时，他戴着脚镣手铐，昂首挺胸，沿街高呼"革命万岁！""共产党万岁！"最后慷慨就义！

六安兵暴

孔庆德

1930 年 12 月，蒋介石向红军发动的"围剿"彻底失败，国民党第四十六师的队伍像流水似的从六安城南的独山溃退下来，有 2 个旅部和 1 个团的兵力躲进了六安城，当时我就在这个团的二营当通信兵。

一天中午，我们营部几个通信兵正躺在营房旁边的广场上晒太阳，议论着在独山和红军打仗的事。忽听班长在远处喊道："孔庆德，魏营长叫你去！"我便怀着忐忑不安的心情朝营部走去。

"孔庆德，你们在背后谈些什么？"我一进营部房门，营长瞪着眼睛劈头就问。我一时竟答不上话来，只是支吾着，心不住地怦怦跳。不一会儿，营长严肃的脸上却出现了一丝笑容，说："你们又在嘀咕独山打仗的事，是不是？"

"是。"我只好照直说。

"弟兄们都谈论些什么？来，谈一谈。"营长态度缓和了些，诚心要我谈。于是，我就毫无顾忌地对他说："弟兄们都说，咱们开到独山有 2 个旅，才撤出一半，被红军捉去的 1000 多俘虏都被枪毙了。还有的说，红军子弹少，把抓去的人全活埋了。弟兄们说，以后打仗，宁肯跑断腿，也不当红军的俘虏。"我说到这里，营长却笑起来了。突然，他收敛了笑容，问我："孔庆德，你信不信？"我犹豫地说："不是长官们说红军杀俘虏吗？"营长笑了笑说："你呀，你呀，真是个小娃子，脑子想得太简单了。弟兄们还说什么？"

魏营长对弟兄们一向很和蔼，于是我就大着胆子说："弟兄们都说，我们好像不是人生父母养的。上司好几个月不发饷，饭也吃不饱，还常挨打受气。我们都不想再……"正说到这里，传令兵送通知来，叫二营马上集合，去参加全旅官兵大会。

在全旅官兵大会上，旅长嘶哑着嗓子训话。他除了训令全旅"精诚团结，为党国尽忠"之类的话外，还大声疾呼："官兵们，我们成百上千的弟兄，被红军捉去杀害了。我们要悼念他们。"最后，他还咬牙切齿地说："你们要想活下去，就不要当俘虏，给我杀！杀！杀光这些土匪！"

散会后，我跟着魏营长走在全营前面，他突然放慢脚步，扭过头来笑嘻嘻地对我说："孔庆德，你怕当俘虏吗？"没等我说什么，他自己哈哈笑起来了，弄得我莫名其妙。

没隔几天，我们几个通信兵在城南关溜达，突然见南面走过来一大队人马。我们不知是什么队伍，走近一看，原来是一列长长的担架队。大家都感到奇怪：自从上次和红军打仗到现在，没有再打仗，已经风平浪静了，怎么现在又下来这么多伤兵呢？担架队到南关停了下来，我们都好奇地围了上去，人越来越多，不一会儿就围满了。只见上面躺着伤兵，伤口上面都扎着雪白雪白的绷带。有人说，是红军派老百姓送回来的。看见这情景，我们一个个目瞪口呆，像木头桩似的站在那里。

　　"红军怎么没活埋你们？"有人小声问了一句。

　　靠近我们的一个伤兵，看见我们吃惊不解的样子，便从担架上挣扎着坐起来，说："红军照顾我们很好，给咱端汤喂饭、医伤口。我们和红军的伤员住在一起。他们看我们伤口快好了，就雇请老百姓送我们回来，还发给我们每人10块大洋，没有挂彩的人也发给路费释放了。临来时，红军还欢送我们。"他哽咽得说不下去了，我们也被感动得眼圈都挂着眼泪。

　　站在我旁边的一个弟兄疑惑地说："那我们长官为什么说红军杀俘虏呢？"

　　这个伤兵弟兄扬了扬手，接着说："人家红军才不坏呢。那真正是老百姓的队伍，打土豪，除劣绅，给穷人撑腰……"

　　其他的一些伤兵弟兄也插上来说："人家红军队伍里不

打人、不骂人，官兵平等，真是些好人啊!"

伤兵回来的消息，像一声春雷，霎时震动了全城。驻在城里的弟兄，整天纷纷扬扬地谈论，那些当官的也进进出出，好像热锅上的蚂蚁。

后来得知，我们二营营长魏孟贤和六连连长蔡凤玉都是共产党员。他们在这个部队中，秘密地进行了许多工作，利用各种方式，联络了一些军官，准备待机起义。这一阵他们特别忙碌，一会儿叫我找这个，一会儿又叫我找那个，是准备趁敌人部队混乱、军心动摇之机，发动兵变，把部队拉走。

这时，六安城内驻着 2 个旅部和我们团。要走，就必须把旅部首先搞掉。为此，魏营长便去找一营营长，联合他共同行动。这个营长是他的拜把弟兄，虽然赞成举义，但又推说身体不好，偷偷地跑到后方去了。魏营长见他贪生怕死，只好连夜去找一营副营长，说服他领兵举义。这个副营长平时和魏营长交情较深，受了他的影响，思想也比较进步，便慷慨应允，答应率领一营的弟兄配合行动。

和一营串联好后，魏营长、蔡连长和一营副营长，连夜在二营营部开会，商讨部署。他们一致认为，三营营长反动透顶，是团长的忠实走狗，要搞团部和旅部，必须同时攻打三营。否则，即使打下旅部和团部，也难以走脱。于是，便决定一营去攻打三营、旅部和县政府，二营去攻打团部和混成旅旅部。

行动计划确定了以后，魏孟贤营长立即派人去与红军联络，争取红军的支援。

第二天，联络的人回来报告说，红军已决定集中兵力攻打新集，要求我们趁机发动兵变，以牵制敌人兵力，配合行动。魏营长又召集紧急会议，当即决定农历十二月二十九夜晚，趁上司们都在花天酒地的时机，开始行动。

农历十二月二十九凌晨4点钟，夜深人静，北风凛冽，雪雨纷飞！我们一、二营紧急集合到城南关，在雪地里先召开了排以上军官会议，后又召开了一、二营全体官兵大会。在会上，魏营长用激昂的声音号召大家说："弟兄们！现在已经到年关了，可是上级还不发饷给我们，饷都叫旅长和团长给扣下存到银行里去了。我们今天晚上要打倒这些强盗。"弟兄们一听说反对旅长和团长克扣军饷，都兴高采烈。魏营长接着宣布："口令还是按照旅部规定的执行。战斗结束后，听命令再到这里集合，我们从苏家埠旁边过河，朝新集方向挺进。"营长说的这个地方，正是共产党打土豪、分田地最热火的地方。"啊！当共产党去！"大家心里霍地亮堂起来！

开完会，立刻行动。营长带领二营向团部摸去。我们刚摸到团部驻地边沿，哨兵就高声喊叫："口令！"枪栓拉得哗啦响。营长从容地回答说："年关。"上去两个人把哨兵嘴一捂，把枪给下了。然后，部队就分房包片，拥进各个房内。

营长掂着手枪带着我们通信班，蹑手蹑脚地朝团长的房子摸去。当我们撞开房门进到屋子里时，狗团长还在打呼噜。营长压住嗓门喊："快起来！"狗团长霍地从梦中坐起来，他老婆蒙着被子哇哇直叫。

只听狗团长蒙头蒙脑地颤抖着说："老弟，你，你别误会了！"

营长厉声回答："没有误会，是你误会了！"我们班长上去一刺刀把他挑了。这时，他老婆吓得直喊"饶命"，营长说了声"走"，我们便给她留下这条"草命"。

然后我们又摸向团副的房子。这个家伙睡得怪甜，还是我们把他从被窝里拉起来的，他像吓掉了魂似的，怔了半天，才说："你，你们怎么变，变了？"他看势不妙，马上又改口说："你们变了，也告诉我参加啊！"因为他平日对士兵们不怎么太坏，魏营长叫把他捆起来，锁上门，让他在自己的寝室里"坐牢"。

我们从这里出来，就直向混成旅旅部摸去。这时一营解决了三营和县政府后，摸到了另一个旅部，他们几把刺刀上去把旅长捅得稀巴烂，又把旅参谋长活活地炸死在房子里。这样一来，惊动了混成旅旅部。我们还没有赶到那里，混成旅旅部的卫队便抢先占领了要道，我们一到便和他们接上了火。猛烈的子弹射向卫队，起义的弟兄们勇猛地冲了上去，卫队立即溃散了。

拂晓时，我们二营占领了混成旅旅部。接着，便跟着魏营长朝一营方向靠拢。路上，碰到六连通信兵气喘吁吁地跑来报告说，六连蔡连长负了重伤。营长听到这个不幸的消息，难过地怔了一阵，便嘱咐来人把蔡连长立刻送到苏区去。

四十六师的前身是五省联军军阀孙传芳的部队，国民革命军北伐时，这支队伍被北伐军打垮，由国民党收编过来，战斗力本来就不强，刚在独山吃了败仗，现在又被我们从内部这一搞，便溃不成军，满城人跑马乱，混作一团。我们边打边喊口号，凡是听到我们喊话的士兵，都不再朝我们打枪了，有的甚至把枪口转向当官的。

上午9点钟时，忽然接到情报说，苏家埠、韩摆渡敌人的前线部队和后方援军已接近城下了，我也隐隐约约听到了阵阵的枪声。情况已经十分严重，魏营长当即命令部队按原计划撤到城南关集合。

我们差不多是杀出一条道路到达南关的。弟兄们个个表现顽强，人人身上汗水淋淋、热气腾腾。这时，我发现在集合的队伍中，除了我们一、二营外，还有三营的和我向来没有见到过的弟兄。因为情况紧急，营长还没来得及讲话，敌人的援兵就进城了。事不宜迟，我们立刻且战且退，弟兄们听说去当红军，个个像飞似的跟着魏营长前进。

第二天，我们到达了麻埠苏区，与红军会合了。会合后我们就编入了教导第二师，领导这次起义的魏孟贤同志被任命为师参谋长，蔡凤玉同志伤好以后担任了团长。

六安起义，像电流一样传到国民党的部队，红军的声誉像春风似的吹到了人们的心里。尽管蒋家王朝实行血腥的野蛮控制，但是，仍不断地有三五成群、成班成排的国民党军队，踏上了我们所走的道路。

寿县瓦埠暴动亲历记

马 实

1931 年 3 月 27 日，中共中央派巡视员高中林（原名方英）来寿县，在瓦埠上奠寺召开寿、凤、阜三县县委书记联席会议，传达了中央关于立三错误路线问题的决定。会议指出，过去只注意武装斗争，未与经济斗争相结合，这是一种偏向。决定成立皖北中心县委，号召积极筹建革命武装，争取敌人的武装，开展游击战争，并准备视群众发动情况，举行武装暴动。

28 日晚，会议将要结束的时候，瓦埠党支部书记王汉平送来一份紧急情报，说寿县国民党县长张相昆带领县大队七八十人将于次日到瓦埠，企图在瓦埠设立联防局，扶植叛变分子、反动豪绅邵杰出任联防局局长。于是，会议停止了各项议程，连夜召开县区干部联席会议，专门讨论县长的突然到来和成立联防局问题。大家认为，必须趁敌人初来乍到，采取先发制人的措施，打乱他成立联防局的计划，消灭这支反动武装，乘机把皖北红军游击队组织起来，声援和配合鄂豫红军作战。

大家分析后认为，消灭这支反动武装是可能的，因为我们熟悉地形，在本土作战能得到群众的支援。当前主要问题是筹措枪支，要求凡家中有枪的要把枪带来，没有枪的要利用一切社会关系借枪。并决定解除敌人武装后，即夺取瓦埠街附近地主豪绅的武装，然后发动群众扒粮。

29日上午，参加暴动的人均按规定陆续到达指定地点。然而情况发生了变化：县长张相昆没来，来的是双庙区区长路奎汉，带的是当地的保卫团（或联庄会）二三十人，由邵杰做向导，团丁都是当地人。他们来后，就住在瓦埠东街黄子元饭店里，士兵们将枪支挂在墙壁上后，便到街上和瓦埠湖游逛。高中林等研究之后，决定既定计划不变，先解决路奎汉这一股的武装。

29日深夜，参加暴动的群众从四面八方云集泰山庙。但由于薛骞贪生怕死，迟迟不敢行动，叛徒方策乘机将机密泄露给其地主父亲方振九，方振九又传给土豪李迪甫，李又向路奎汉报告。路得知这一消息后，连夜从黄子元饭馆的后门溜走，沿着瓦埠湖岸逃往寿县。

路奎汉逃走后，暴动的领导成员在泰山庙重新开会研究下一步行动。最后高中林和中心县委负责人毅然决定继续暴动，并成立了寿县红军游击大队，任命方运怡为大队长，曹鼎为政委，宋超为大队副，魏发祥为参谋长。下设3个中队，戚连宇、孟宪钦、杨守先和我都是中队干部。这时我们手中已有长短枪 120 余支，子弹千余发，大刀和长矛数百件。

3 月 30 日上午，暴动队伍拥向瓦埠街，在望春园馆门口竖起了镰刀斧头大旗。下午，3 个中队分头逮捕了地主豪绅黄洁成、黄四先、刘国彬、方朝亮、方景良、方正良、卜少章、张成甫、黄子英、张冠伦等十余人。接着，又到附近农村，逮捕了地主豪绅方振九、方子敬、方其三等人。

31 日上午，我们发动上奠寺、大井寺、小甸集周围 20 余里的农民协会组织两三千农民队伍来扒粮，共扒方小楼大地主方简伯的粮食 200 多石（4 万余斤）。地主豪绅闻风丧胆，方家老圩、张家祠堂的豪绅纷纷前来缴械，地主马子尚、裴汉秋、马小波等派代表向游击队求情，愿缴半数枪支，不要扒他们粮食。游击队断然拒绝了他们的要求。地主杨甫成见我游击队进村，不敢开门，从窗口把枪交了出来。此次行动，我们共计缴了长枪 100 多支、短枪 30 多支。

我们还编了首歌谣：

一九三一二一三（指农历二月十三），
誓死拼命夺枪杆。
地主吓得上门闩，
开窗拱手枪交俺。

暴动开始后，有人主张及时撤离瓦埠街，到边远地区开展游击战争，高中林却主张以瓦埠为根据地，建立苏维埃政府，巩固后再向外发展；有人建议以袭击方式夺取当地保卫团枪支，高中林认为这是土匪行为，要拉起红旗，公开响亮地号召群众起事，结果使保卫团闻讯逃走；也有人主张派人到各地布置配合工作，也遭高中林拒绝，以致暴动数日后，各地尚不知真相，失去广大群众的及时支持和配合。

　　正当高中林陶醉在经济斗争取得初步胜利的喜悦中时，攻打北瓦房的游击队，遇到了地主武装的顽固抵抗。他们一面抵抗，一面向杨家庙的联庄会会长张焕庭、郑孟杰等呼救。4月1日，杨家庙、双庙集的联庄会和其他地方的反动武装共1000余人进行反扑，将我们包围，战斗进行得非常激烈。紧要关头，大队长方运怡命令我和戚连宇率领第一中队，前往张嘴孜阻击双庙集联庄会的王辅臣部。大约上午七八点钟，我率队赶到指定地点，打退了王辅臣率领的反动武装数次进攻。高中林为了缓和矛盾，下令将游击队逮捕的地主豪绅全部释放。不料，他们放出后不到三小时即带领反动武装集中力量向我们进攻。

　　我们打退双庙集联庄会王辅臣部进攻后，暴动指挥部接到固守在方小楼、小王郢、汤郢孜的游击人员和第二、第三中队的告急信，说他们不仅要对付杨家庙联庄会张焕庭、郑孟杰的反动武装，还要对付大地主马子尚、裴汉秋、马小波等带领的武装，敌我力量悬殊。高中林和中心县委领导决定，这部分游击队连夜撤离瓦埠，转移到张嘴孜同第一中队会合。转移途中被敌发现，敌人跟踪包围了游击大队据守的三个圩子。不久，县长张相昆和县自卫队大队长袁少义也带着县大队来到张嘴孜，他们联合起来，将游击大队层层包围。敌人依靠人多枪多，向三面环水一面被堵的游击大队阵地发起轮番进攻，我们拼死抵抗，战斗非常激烈。这时，高中林已离开瓦埠前往苏区。

正当我们面临全军覆没危险的时刻，瓦埠支部在鲁城召开紧急会议，研究营救游击大队的问题，会上决定以私人关系向一些开明地主借枪支。会后，借来枪 20 余支、子弹 2000 余发，组织了一支革命武装，由曹家渡宋德渊等率领，打着小甸集联庄会旗号，从东面袭击，里外夹攻，掩护游击大队突围。并由宋德渊送信通知游击大队，于傍晚时向东面突围，突围处有一最高旗杆，旗帜上写有小甸集联庄会字样；突围后化整为零，各回原地。不料宋德渊在送信途中被敌人抓去，经严刑拷打，他只字不吐，敌人没抓住证据，只得将他放走。他回来后，又派曹云峥化装成货郎，把信送到。最终，游击大队按计划杀出重围，但第二中队中队长戚连宇及 17 名战士在突围中英勇牺牲。疯狂的敌人恼羞成怒，放火烧毁了张嘴孜一带几个村庄的数百间民房。

瓦埠暴动失败后，分散隐蔽到各地的同志继续开展活动，在全县各地恢复和发展党的组织，建立农民协会，把原来分散的武装集合起来，采用游击战的方式在皖北地区开展了分粮、抗租、除恶、反霸活动，先后除掉了县警察局长姚马虎和"剿共"司令毕少山。

1932 年秋，队伍发展成为"皖北红军游击队"。1934 年秋冬，游击队奉命撤离寿县，与合肥游击队合并，经中央批准成立"皖西北游击师"，转战于合肥、舒城、庐江、巢县、无为等地，成为一支使敌人闻风丧胆的有生力量。

经历六洲暴动*

陈敷信

1930 年夏秋之际，中共江南省委（辖皖苏部分地区）的皖南特别行动委员会，在芜湖郊区的一个树林子中召开了全体委员会议。会议传达了上级有关指示精神，研究决定：为贯彻执行党中央指示（当时是"立三路线"），宣城、广德、无为三个县要在秋收登场之后举行武装暴动。

不久（大概中秋节之后），无为县委书记刘静波来芜湖汇报工作。特委书记王步文找刘静波谈了特委关于暴动的决定，后又确定我（特委青年工作部副书记）作为特委巡视员参加无为暴动，并带我在一家旅馆与刘静波见了面。刘因事处理，无法同行，便给我写了张介绍信，让我到无为县城等他。我于是拿着介绍信找到了接头人——东门初级小学的吴亚中。

---

* 本文原标题为《六洲暴动情况》，收录时做了适当修改。

当时，无为中学有一个团支部，大概有20多名团员。他们晚上在街上公开地贴、写标语，警察追捕时就跑到吴亚中处，还唱起《国际歌》。当时，我很反感这种过于公开的活动，便跟吴讲："你们的活动太公开了，不符合秘密工作的要求，在我们芜湖是根本不行的。"在芜湖我们都是秘密的工作，家里都设置有信号物，如扫帚等，回家前都要先确定没有意外情况才敢进家，相互间也不清楚谁家住何处。吴亚中却对此毫不在乎，大大咧咧地说："我们就是这么搞的，没关系的。"我感到这样危险，便把带来的文件悄悄地藏在了楼上。

大概住了两三天，果然就发生了意外。这天天刚亮，我穿着裤头刚起来，在楼上就看到楼下院子中间站着一个穿呢子大褂、头戴礼帽、留着两撇胡子的陌生人。当时也没在意，下楼拉门时，拉不动（平常门是开的），再拉时门一下子就开了，迎面四条枪顶住了我。这时那个戴礼帽的人走了进来（我猜想这人至少是特务），问："校长在楼上吗？"

我说："在。"他便带了三个人拿着枪上楼去了，门口只留下一个人拿枪守着。

我因为只穿了条裤头，便上楼去穿衣服。只见那人对吴亚中说："你是吴亚中吧？有人告你是共产党。"

吴不承认，那人便说："你跟我到县衙里去一下。"又回头来问我："你是学生还是老师？"

我那时已经十七八岁了，说学生至少得是初中，说教师又不像，便急中生智说是在上海做生意，因与吴是同学，来玩玩，暂时住在这里。他便让我随吴一起到县衙去。

路上才晓得共来了十多个警察，带头的那个就是县长。我估计去县衙肯定会凶多吉少，便和县长说："我是外地来的，不知道情况，去了也没用。"他想了想，便让我回去，但不许走远。

我回来后就立刻跟校内工友老胡同志从后门逃出，准备绕到北门外去找团县委书记。到了地点，却见他家巷口有两条枪，知道情况不妙，可能也被盯上了。我俩商量了一下，目前别无他路，便一起到了六洲。

这时县里的团组织也陆续遭到破坏，团员们也相继到了六洲。其中有个姓范的团员说，头天晚上警察就到吴亚中的住处搜过，找到了一些文件，后来审讯吴亚中时，他说不知道，大概是姓陈的带来的。

不久，刘静波也回来了。我们立刻召开了县委扩大会，决定成立苏维埃准备委员会，会上宣布了特委关于暴动的决定。当时到会的共有十余人，记得有刘静波、我、任惠群、吴锦章、张昌万（即张恺帆）等。会议中有两种意见，一种热情高，积极主张干；另一种像张昌万这样的认为应该考虑当时的实际条件，担心行动不成功。当时的情况是枪倒是能搞到，但是只有刘静波懂军事，另外只有几个人当过兵，其他都是农民。我说："中央的决定就执行，不能有太多顾虑，不要有右倾思想。"现在看来，当时是很盲目和冒险的。

最后，大家也都认为中央决定的就应执行，不能顾虑太多，于是讨论决定：行动时间是农历的九、十月间，集合地点是在一小庙内，行动那天黄昏时从地主家夺枪（那时各大户都有炮楼和枪支，每天黄昏关大门后站岗，我们准备待其关门上岗之际夺枪）。我们暴动的首要目标是进攻六洲，拿下后再夺取汤沟，然后进攻县城，如若不成功便拉队伍进入山区，争取和一股土匪武装联合，以保住力量。会后，我们还做了一面绣有镰刀斧头的红旗，高高竖起，连汤沟都能看到。有人风趣地说，这下汤沟的自卫团看见就吓得没魂了。

暴动那天，来了有100多人，大概有十余支枪，只有韩家大村的3个党员没到（韩家大村有一派出所，4个警察，其中3个是党员，他们准备说服另一名警察参加，如不来便将他的枪带来，并不准其声张）。我因熟悉那里的情况，便要求去看看，刘静波同意了，并准备在回来时派人接应我。

去韩家大村要路过汤家白岗村。当我快进到汤家白岗村时，忽然看见村口路左的一间大屋前站有一个人，见我来到便进门去了。于是我就提高了警惕，快步走过，到了韩家大村后才得知4个警察都已（另一位被争取了）从另一条小路走了。我因不熟小路，只得顺着原路返回。到了原来的那个大屋前时，又见到门口立着一个人，那人见到我来了又进门去了。没等我走出多远，忽见得后边有灯笼光，还有人在喊："前面那一个，不站住就开枪了！"这是条直路，要开枪肯定能打着，我便站住了。

这时，追上来四个人，都拿有枪，问我是干什么的。我谎说："我是韩家大村的，在芜湖念书（并拿出芜湖一个文艺团体的会章给他们看），因母生病到前面去找我娘舅，叫医生给我妈看病。"他们不相信，便让我前面带路，他们四个人跟在我后边。

向前面走了一段，碰见了来接应我的两个人（都曾当过兵），他们问我："怎么搞到现在，那几个人呢?"

我假装不认识他们，说："你们是谁?"

说着，便擦身而过，同时用手摸了他们的手，暗示后面有人。在我快步走过后，这两个人便同那四个打了起来，这就是"六洲暴动"的第一枪。

我见到刘静波后将情况一说，刘立即决定队伍分两路包抄这股人（打乱了原计划）。途中遇到接应的那两个人中的一个跑回，说和另一位跑散了。待到我们急忙赶去时，只见一座空屋，于是就没收了这家所开店铺的烟。这一来回，就耽误了一个多小时，于是我们整队继续向六洲进发。

六洲的街头庙里住着一个民团，大概有 30 多条枪。不料他们事先有了准备，待我们一到，便从刚挖不久的洞里往外射击。天亮后，汤沟敌人的援兵也来了，而我们只有十余支枪，子弹也没了，只好撤退。不承想命令一下，群众一下子就撤完了。待到我跟刘静波从街上走时，后面又追来七八个流氓，刘站住，用已没有子弹的枪，向他们点了点，说："我们不是土匪，是红军，不想打你们，你们要是非要追，我这枪只好不认人了。"结果，他们吓得扭头就跑了。

　　当晚，我们在离胡家大屋不远处召开了县委会，决定由我回芜湖去汇报暴动经过，同时请上级组织派一名懂军事的同志来指导，刘静波则召集愿意留下干的人员拉起了队伍，开展起了轰轰烈烈的游击运动。

黟县际村暴动

余纪一

际村与隔河相望的宏村，是安徽黟县东北隅的一个重镇。黟县周围与祁门、石台、太平、休宁接壤，位于黄山西南麓。这片地区又与赣东北苏区毗连，既是崇山峻岭、岗峦起伏的山区，也是赣北与皖南的通道，历史上就是兵家必争的战略要地。太平天国时期，太平军与清军就在此攻防作战达 10 年之久。1926 年，当北伐军由赣北向皖南推进时，党中央曾派遣汪希直同志到黟县、祁门发动和组织群众响应，使孙传芳残部惊恐溃逃，北伐军顺利地进入徽州，直趋南京。

1931 年，上海临时中央先后派汪希直和我回到黟县开展党的工作，以配合赣东北苏区的发展。次年夏天，我们成立了中共黟县特区区委，后来改为黟县县委，归属皖南特委领导，由我担任书记，王子成任组织部部长，汪希直兼宣传部部长。当时，我们的中心任务，主要是积极发展党的组织，深入发动群众，秘密与公开相结合地开展游击战争。

第四次反"围剿"斗争的胜利，引起了国民党反动势力的极大恐惧，他们急速在苏区周围加强推行保甲制度。针对这种情况，黟县县委决定：尽可能打入敌人内部，以掩护党的秘密工作。

根据县委的指示精神，我们利用敌人内部矛盾，通过我党同国民党及地方上层势力的社会关系，选派了我党的同情分子陈默若（抗战初参加了我党）到国民党黟县县政府第四区区公所担任区长（1933年冬改由屏山村的士绅舒其钊担任，但他不大问事，长期住在家中），我（当时名余倩淮）担任区员。区公所只有两个区丁编制，由我党党员朱立高、朱立玉担任，实际上第四区区公所完全为我党掌握。

1933年冬，为了配合粉碎敌人的第五次"围剿"，黟县县委就以"武装群众，开展游击战争"作为中心任务。当时，县委首先在金家岭建立了第一支不脱产的秘密游击队（40余人），由杨德先任队长，县委组织部部长王子成兼任政委。11月，原拟夺取屏山村团防局的枪支，因走漏了消息，被国民党县保安队袭击，队长杨德先、支部书记刘辰怡被捕牺牲，在失去领导和组织的情况下，游击队被迫解散。

1934年春，以际村东北山区为中心，第二次成立不脱产的秘密游击队（100余人），由过去参加过请水寨暴动的吴根应任队长，我兼任政委。同年4月，县委决定夺取黟县西乡官麓村团防局武装，先由汪希直和我一道侦察了地形、敌情，订好计划，次晚由吴根应带领约30名队员，一举夺取了团防局，缴获土枪十余支及地主家手枪1支。及至城中敌人赶来时，我们已撤回了东北山区的秘密根据地。随即又在黟县东北的上梓坑、下梓坑、黄梓坑、源头、半源经羊栈岭至考溪一线，约50里的地方发展游击队，开展游击活动。7月初，根据特委决定，正式命名为中国工农红军皖南第一游击大队，大队长由派去苏区训练后回来的陈天生担任，我仍兼任政委。

这年夏天，黟县地区发生了历史上少见的旱灾，河流干涸，农田龟裂，禾稻成片枯焦，秋收无望。广大人民群众生活难以为继，而国民党反动势力和豪绅地主却横征暴敛，害得人民怨声载道，都热切地盼望红军能够早日前来，开展革命运动。县委抓住有利时机，提出了"抢粮度荒""抗租抗捐抗税"等口号，着手准备发动秋收暴动。

8月1日晚上，特委军事部部长宁月生（即前特委书记）和游击队大队长陈天生突然来到我处，带来了紧急指示，要立即讨论贯彻执行。我们举行了紧急会议，首先讨论如何举行暴动，因为省委指定行动的时间已过，我们就决定在2日晚上举行。接着分析了敌情，然后由汪希直参与研究夺取祁门和黟县的具体计划。具体部署为：2日天黑前，从黄梓坑、考溪选调游击队员60人，散布于际村正街、小巷，混在居民中乘凉。在我发出暴动开始的信号后，由宁月生指挥预先挑好的队员1人，带仅有的手枪1支，手携雨伞向江氏宗祠大门走去（前面有一片开阔地）。当敌人哨兵发问口令时，就声称是刘班长的同乡，从城里来找他的，在接近哨兵时迅速冲上去夺下哨兵枪支。在此瞬间，由宁月生、陈天生率全部游击队员直奔保安队队部，夺取敌人的全部武装。为了掩护我继续隐蔽，游击队同时袭击区公所，收缴枪支，还要在区公所设置假象，鸣枪数响，散丢几只弹壳，并把档案文件翻乱在地，以消除敌人疑窦。

8月2日晚上约8点，我派朱立高到连接际、宏二村的下桥头（上游另有大桥，是二村交通的主桥）和宁月生联系，并把区公所的一支驳壳枪交给他。朱回来说一切都准备就绪，我按预先规定的行动信号，在木桥上连续三次揿亮电筒，向左右横扫三下。发出信号后，我立即回到宏村大桥畔我的住处（向南湖小学教员汪受业家租来的），舒政海正在等我。我们就和同屋的人闲谈说笑。不久，对岸际村突然传来连续的枪声和嘈杂的叫喊声。稍停，从际村传来听不清的口号，木桥上一阵急促的脚步声，通过宏村街道，朝着东边方向的山区远去了。正疑虑间，朱立高大声哭喊着前来报告说，保安队和区公所的枪支都被土匪抢走了，并绑去了保安队的排长。于是我立即派人分头把中队长毛勋、联保主任汪松涛等人找到宏村西头的南湖小学，草草商议一下，由我们联名写报告把被土匪抢劫情况火速去城中送给县长庄继先，并要求他速派队伍来追剿土匪和坐镇际村。然后，我们再去区公所、保安队队部视察了一遍。根据两处汇报，共被

"劫"去短枪2支、步枪24支，区公所什物倒翻一地，有数只弹壳散落在地上，没有留下破绽。次日上午，宁月生给我来信说，分工带路的王子成当晚未到际村，又无别的熟人带路，所以未能按原定计划继续执行，游击队只好退回黄梓坑根据地隐蔽，并说已派储集祥送报告给特委了。三天后，汪希直也来信说，他按时到西武岭山脚一带，没有找到宁春生。经打听才知道，挺进师被国民党王均部阻截于祁门的历口。

3日黎明，县长庄继先亲自带了保安队大队长陈兴周及2个中队赶到际村。我们先领他看了区公所和保安队队部，然后我和毛勋夸大地汇报了枪支被抢的经过。经研究分析，一致认为只有羊栈岭北黟县、太平交界处观音堂的股匪李寿全，才有此力量攻打际村。第二天拂晓，庄继先亲自带队前去清剿，稍一接火，土匪逃散，只抓了两人，傍晚回到际村，就在村头把他们枪毙了。晚上庄继先召开会议，保安队第二中队长邓国钧认为一定是"赤匪"的便衣队干的。庄继先色厉内荏，怕县城被攻，只交代了要随时报告"匪"情，便连夜把带来的士兵退回城里去了。我当即将敌人的行动和新的估计，写信给宁月生，要他们注意隐蔽，加强戒备，迅速把面目红了的党员、赤色群众动员到游击队里去，并相机夺取太平县境茶商武装（后了解，夺得七八支步枪）。同时，派舒政海赶回城中，送去我给特支的信，要他们加紧从敌人内部了解敌人动态。

8月5日拂晓，县保安队陈兴周带了2个中队，突然直扑黄梓坑我游击队隐蔽地，但扑了个空，只在上、下梓坑抓了我区委书记及两名党员，连同特委交通员储集祥反绑双手押到际村。我和联保主任前去接待，据陈说，他们在渔亭（黟县通屯溪的关卡）查获了"赤匪"一个送信的，供出了"赤匪"巢穴，待他们进剿时，"赤匪"早就逃窜了，只抓获"匪党"三人。当时陈态度上对我没有不正常表现，从储集祥的表情上也看不出已供出了我。我镇定自若地应付了陈兴周，他们吃了顿饭后，就押着俘虏回城去了。我立即写信派交通员去黄梓坑一带山上找到了宁月生，告诉他储集祥被捕叛变，暂时还未供出我，估计情况会进一步恶化，敌人可能从黟县、太平、休宁集中兵力，分进合击，搜索围攻我游击队；要宁迅速带领游击队转移到黟县西北的杨家墩，和黟祁分县委韩锦侯取得联系，找挺进师会合，规划下一步行动。当晚交通员回来，带来了宁的回信，他即向杨家墩转移，并告诉我特委领导下的几处组织亦被破坏，估计储集祥在严刑下供出我的可能性很大，要及时掌握情报。如敌人对我有行动时，可撤离区公所，必须确保自己的安全。对此，我提高警惕，白天派了瞭望哨，夜晚转移住处，以防范敌人的突袭。

8日晚，舒政海从城中急促赶来说，城中保安队马上来逮捕我。于是我就带了交通员朱立玉同志，翻山越岭，来到半源支部（紧靠太平县），找到支部书记朱立标。他告诉我游击队已经转移，但不知去向。我估计应该是按计划转移到黟、祁边境杨家墩一带去了。我和交通员就爬到山岗岩下一个空着的小山棚里睡了一觉。天刚亮，我们翻过山岗，去找曾和我们有联系的太平县的党组织。不料刚下山，就被山岗北侧茶坦保甲的壮丁队发现了。我就仍以区员的身份会见保长，询问他有什么情况。他报告说："别的没有什么，只听说附近的太平县十八转一带抓获了一批共产党。"我们就在保长家吃了早饭，临走我严肃地交代他如有什么情况，要立即报告区公所。

由于我们的行踪已经暴露，找太平县的党组织已无希望，从太平转到青阳县境时，得知敌人正在四处搜捕我的消息：国民党县政府因没有抓到我，急电报告了"南昌行营""安徽省政府""第十区专员公署"等处，通令各地"限期缉拿归案"，并张贴布告，写明了我的年龄、面貌特征，要各县、联保、关卡、客店严密盘查，不得走脱。当时，我仔细考虑，写了一封信，派朱立玉从山路绕道去黟县西北的杨家墩一带，寻找宁月生。信中告诉他，我已被迫撤离区公所，敌人已到处通缉我，因为熟识我的人多，动向已经暴露，目前处境困难，所以先去上海找党组织汇报，并告诉他我的上海联系地址。

1934年8月2日，际村暴动胜利后壮大起来的红军游击队，在宁月生的领导下，转战于黟、祁边界的杨家墩、柯村一带，联系上了黟祁分县委书记韩锦侯，并和宁春生领导的挺进师会合，于 8 月下旬又举行了柯村暴动，在黟、祁、石、太等县边界，建立了皖南苏维埃政府（政府设在柯村），由宁春生担任苏维埃政府主席。这一胜利，直接配合了由方志敏同志亲自率领的中国工农红军北上抗日先遣队在皖南黄山周围的作战行动，在中国革命历史上留下了光辉的一页。

参加广德游击战[*]

陈 林

　　1930 年夏天，我从国外回到上海，党组织派我到皖南广德地区去了解党的工作和游击战争情况。于是我由上海出发，经南京到达了芜湖，找到了皖南特委（那时只有芜湖的皖南特委和安庆的皖北特委，无统一的安徽省委）。他们介绍我到与广德毗邻的宣城县去，从那里了解广德的情况。

　　在宣城，我住在县委书记史同志的家里。他曾在安徽屯溪当过警察局长，在宣城小有名气，当地人称他为"史四老爷"。他介绍我到孙家埠一带去看看，从那里可能打听到广德方面的真实情况。孙家埠是宣城一个大集镇，靠近广德游击区，那里有水东镇大王山煤矿，有运煤的小火车经过该镇，交通比较方便。我在那里的乡下四处访问，看到所有的农民都是农协会员，党的支部书记也绝大多数是教小学的老

---

　　[*] 本文原标题为《回忆皖南游击战和王金林同志》，收录时做了适当修改。

师，广大人民群众工作积极，响应号召，革命形势比较好。

广德的情况又是如何呢？我向当地党组织和群众了解情况。他们说，山的那边就是游击区了，听说那里闹得很厉害，有好几百支枪，打垮了几次来进攻的团练，还准备攻打水东的大王山煤矿。我又问是否有到那边去的办法，他们说到那边去不行，条条道路都有团练把守，检查得很严。我又去找县委书记史同志，同他商量，看看是否还有别的办法可以去广德。他主张我回上海汇报一下，看上面如何指示，再决定是否去广德。我同意了他的意见，按原来的路线回到上海，向组织汇报了在宣城的所见所闻。并建议说："该地区有了相当的群众基础，虽然未去成广德，但根据在宣城了解到的情况，那里的群众和党组织正在开展游击战争，有发展成为大根据地的可能。"正在这时，广德县派了联络员来到上海，汇报说广德地区正在发展游击战争，急需加强领导，请求派遣干部帮助。于是，组织上决定派我再次去广德。

广德来的那位同志姓孙，大家都叫他小孙，我们两人仍沿着从南京到芜湖的路线去广德。可是当我们到了宣城时，才得知大小路都被"狗子"（武装团丁）封锁了，来往行人都要经过严格检查后才准放行，比上个月的封锁更严了。我又和当地同志商量，是否可以找到安全的路。一位农民说："有座荒山，荆棘丛生，无路可走。不过，我在那山打过柴，试试看，可否勉强找出一条路。"就这样，我们请了那位农民带路，决定从那座山上翻过去。

224

次日凌晨，天还没有亮，那位农民带着我和小孙，朝广德方向前进。山上到处都是齐人高的茅草和有刺的蒺藜，还有密密麻麻的杂树。我们不得不用手拨开茅草，寻找可走的路。有时抓着葛藤攀登而上，有时拉着杂树爬上悬崖，一步一步地从下往上爬。等我们爬上山顶时，差不多已是午后1点多钟了。虽然我们两手已被划破，鲜血淋淋，很是疲劳，但是能够成功地避开敌人，闯过难关，觉得心情特别舒畅。

正当我们在树荫下躺着休息时，突然从树林里闪出两个人来，持着枪，左肩膀还戴有红袖章，问我们是干什么的。

我寻思，他们戴有红袖章，一定不是坏人，便说："是找队伍的。"

他们又问："什么队伍？"

我回答："游击队。"

他们不相信，认为我们是"狗子"派来的"狗鼻子"（团防侦探），就把我们捆了起来，押向山下。这边山的坡度相对来说比较小，而且还是一片梯田，不像宣城那侧，荒芜悬陡不好走。他们押着我们左转右拐，走了大约两个多钟头，到达了一个两面是山、山沟里有30来户人家的小集镇（后来才知道，这就是他们的小队所在地，叫鸦山）。

他们把我们安置在一个四周没有人家的房子里，并派人看守着。我们已经疲倦极了，便和衣而睡，一直睡到天明才醒。第二天，他们仍不准我们随便进出房子。在随后的几天夜里，我们都听到外面磨刀霍霍，人声嘈杂，弄不清他们在搞什么。但是每天上午，都会有三三两两的人来盘问我们是干什么的，我们都回答说是来找队伍的。他们还问我们队伍是谁带的，小孙告诉他们："是王金林带的，我就是他派去上海的。"他们又向我们要证明，我们说："见到王金林同志就知道我们是什么人了。"当时，我们身上带有用药水写的介绍信，但不敢交出来，因为不确定这里究竟是不是游击队队部。经过三四天的盘问，他们才答应带我们去见王金林同志。

我们在鸦山住了大约一个星期，然后他们派了两个人护送我们，走了约30多里路，在一个村庄里见到了王金林同志。小孙当即把我的情况介绍给王金林同志，同时将我们带的用药水写的介绍信交给他（那时我的化名叫张树生）。王金林同志看后表示欢迎，说游击队正在扩大，急需用人，我来得正是时候。从此，我同皖南红军独立团的同志一起开始了战斗。

王金林同志，中等身材，待人和蔼可亲。他以开仓济贫、分粮给群众为号召，组织群众开展武装斗争，很快形成燎原之势。在战斗的岁月里，他处处严格要求自己，以身作则，队伍规定的制度，他都严格执行。例如队里规定有武器走火的，要站岗一次，结果有一次，他的驳壳枪走火了，他就自动去站岗。他对战士也非常关心，有的战士一时有错，他也只是好言相劝，从未见他高声训斥过人。行军中，战士生病或身体弱的，他都主动地背枪携扶。他也没有结婚，一次，我们在闲谈中提及此事，他说，革命还没有成功，还谈不上这些事情。他就是这样正确地处理革命与个人的关系，把革命事业永远放在第一位，把自己的一切贡献给了党。

我到广德时还是夏季，那时队伍经常在广德、郎溪、宣城边缘的山区活动，有时也到誓节渡、黄泥山、郎溪的鸦山等地打游击。姚村的造纸工人也积极响应，踊跃参加红军独立团，队伍已发展到700余人，有长短枪380多支，还有乡村赤卫队1000多人。这支队伍是在广德农民运动发展的基础上建立起来的，领导这场斗争的正是邓国安和王金林同志。1930年7月，这支暴动队伍在上海军委的领导下，在独树正式改编为皖南红军独立团，王金林同志为团长，邱宏毅负责政治工作。此时，我也担任了广郎宣三县的县委书记。

革命形势的迅速发展，使国民党反动派惊恐万状。他们不甘心首都卫戍团的失败，急调陈调元部第五十七师三四二团的团长余逢润带兵一个团，加上地主反动武装共2000余人，向红色区域再次进行"围剿"。

有一次，我们同敌人在一条河边相遇，我们处于劣势。经过一番战斗后，我们沿河撤退。那时正发大水，无法徒涉，幸亏后来在一个渡口找到了两只小船，把全体人员渡过了河。当敌人来到渡口时，我们已翻山转移到另一个地方去了，使敌人扑了个空。1930年10月，敌人又包围我们于姚村山区，我们坚决实施反击，逐山争夺阵地。但是敌人将我们主力分割为几块，使我们彼此不能联系。为了保存实力，我们在一个漆黑的夜晚，分头突围到了郎溪山下铺长乐地区。

　　这时，我们成立了广郎宣苏维埃准备委员会，这是人民政权的一种形式。我们在郎溪的一个山坳间的小庙里，召开了苏维埃准备委员会的代表会议，参加会议的有农民代表40多人，军队代表20多人，加上工作人员共100人左右。会上选举了委员会委员（王金林、邱宏毅、李英和我都是委员），还决定实行土地革命，满足农民对土地的要求。但是，由于我们对分配土地没有经验，拿不出一套合理的措施和具体办法，结果农民都想要好地，瘦地无人要，弄得难分难解，最后只好把一些地主的土地分给一些没有地的雇农，能保证他们一家的生活就行了，而少地的贫农，还是各种各的地。打土豪也是红军的另一个任务，目的是通过打土豪来解决一部分供给问题。虽然都是地主，但我们没有采取区别对待的政策，在当时也是不对的。

　　对于附近的一支"绿林"队伍，我们曾同他们联系过。他们的头头王道平也曾派人来同我们联系，想让我们帮助他们击溃郎溪县的团练。如果获胜，战利品共同分配，但后来他们独占了战利品，我们就同他们断绝了关系。我们也没有派人进去工作，只图简单的联合，当然不会成功。此事如果工作做得好，可以分化他们，壮大我们的力量，但当时没有做好。

　　我在广德地区，与当地人民一起战斗了半年多，过着非常有意义的战斗生活。在战争的环境里，部队经常是行止无时，食宿无定，差不多都是睡在潮湿的地上。我因为身体不适应，全身发肿，长起脓疮，行动十分困难。于是，王金林同志派秘书王良海同志护送我到外面治病，暂时离开了广德。

宿松九月暴动[*]

吴绍清

1929 年农历七月的一天，我去黄梅亭前驿周家大屋买猪，有个叫周四毛的人动员我参加赤卫队，约我带人去与他碰头。第二天，我约吴贵兴一道到了周四毛家。周四毛给我们讲了很多革命的道理，以及当前的形势，还告诉我们为什么要建立苏维埃和赤卫队，如何发展组织，还给我们发了十几本像私塾里用的《三字经》那样的登记簿。回来后，我与吴贵兴商议，决定农历七月十五在公和店里开会，当时参加会议的有长溪山丰花屋吴用久、蒲河吴元兴、老屋湾吴祖保，由我和吴贵兴布置具体的发动和落实工作。

会后，我们分头进行组织发动工作。吴贵兴负责陈汉沟和南北冲，我负责二郎河、邓家铺、狮树墩、下湾、大地埂，吴用久负责长溪山丰花屋，吴元兴负责咀上屋，我们的

---

　　* 本文原标题为《忆宿松九月暴动》，收录时做了适当修改。

主要任务是组织秘密的乡村苏维埃政府。当时我们叫苏维埃小组，为首组织者就是苏维埃小组主席。

通过广泛的组织联络，先后成立了10个苏维埃小组，建立了赤卫队。参加赤卫队的队员开始只有七八百人，以后发展到3000多人，按区域划分为若干赤卫大队，每个大队40余人，分成4个小队。我们这一带有4个赤卫大队，第一大队大队长吴祖保，第二大队大队长是吴焰明，第三大队大队长是我，第四大队大队长是朱金德。赤卫队没有什么制式的枪支，所使用的武器尽是刀、矛、土枪，由赤卫队自备。

我们组织赤卫队行动很秘密，连自己的老婆都不知道。赤卫队组织起来以后，就开展活动，日夜不归家，白天学习，晚上放哨，有时白天也与群众一起干活，读过书的人写标语、画画。赤卫队还担负着捉拿土豪劣绅、侦探敌情的任务，出探时装作搬运夫或做小生意的；有的赤卫队员动员老婆外出卖竹子、卖网、卖火柴、用头发换针，通过这些手段了解敌情。

赤卫队开秘密会议通常都是在山头上或偏僻独居的户屋里。开会时进行革命教育，讨论为什么要参加共产党和赤卫队，使大家认识共产党是为穷苦老百姓的党，要反对剥削压迫就要参加共产党、参加赤卫队，提高大家的思想认识。同时教育赤卫队员要坚定信心，不要动摇，不吃苦耐劳革命就不能成功，只有今天的流血才有明天的胜利，要严守革命纪律，爱护公物，养成好的作风。我们的口号是"打倒土豪劣绅""打倒国民党反动政府""打倒国民党自卫团";我们的行动不但捉拿土豪劣绅，而且砍敌人的电话线、杀卫兵、抢团防的枪支。我们每天晚上都发出口令，若对方不懂口令就以敌方或第三党论处。

1930年农历元、二月，安庆六县自卫团（太、宿、望、怀、潜、桐）由国民党宿松县县长率领，到宿松西北山区"清剿"共产党。宿松县地方反动武装有130余人，其他县的自卫团各有七八十人，敌人总兵力有500多人。

敌人"清剿"，我们赤卫队就转移到黄梅那边去。当时在黄梅集中的赤卫队员有600多人，于是在黄梅古角北山寺成立了苏维埃政府赤卫队指挥部，由吴贵兴任总指挥，下设4个大队，我和吴焰明、吴祖保、朱金德等分别担任大队长，周家安、周子文任文书，郑后安、陈国君任宣传委员。当时，我们只有土枪80多条，其余是刀矛。红八军第四、第五纵队来到黄、宿边区以后，我们便配合红军开展了游击战争。

1930年农历八月初，我们宿松红军赤卫队在黄梅亭前集中，杀猪煮饭，每人发5块银圆，准备与黄梅赤卫队和红八军第四、第五纵队一起攻打宿松县城。待日头起山时到达了宿松县城，这时红军有3000多人，我们赤卫队有2000多人，红军据守鲤鱼山，我们赤卫队几百人守住六门，只准进不准出。我们来时带了6排竹梯，还有很多长竹篙，攻城时赤卫队就与红军一道进攻，梯子不够就用人顶人上。山里人用一根竹篙就爬上城墙，敌军就用刺刀在上面刺，还在城墙上大骂："共匪共匪，你打城我与你比子弹。"此次战斗很惨烈，牺牲了很多人，一直打到下午才把县城打开。进城后，又攻打敌人监狱，杀了敌卫队 80 多人，宿松县暴动委员会还审判处决了很多贪官污吏和土豪劣绅，将没收的盐、糖、粮食、布匹等物资一部分运回黄梅古角苏区，一部分分给了穷苦老百姓。

赤卫队在县城活动了三天，又与红军一道回到了黄宿边区。这次作战，红军和赤卫队共牺牲 100 多人，都用麻袋装回黄梅亭前驿安葬。我们在黄梅休整了半个月，其间红八军第四、第五纵队改编为红十五军，吴贵兴挑选 70 余人成立了一个中队，编入了红军。当时黄梅古角苏区和宿松西北苏区掀起了参军热潮，群众都会唱《送郎当红军》的歌谣：

> 青年妇女姊妹们，
> 要把自己看得清，
> 我们都是穷苦人。
> 一声要出发，郎把背包背起床。
> 睡到三更天，梦见我郎回。
> 革命有责任，不能把我陪。

金竹暴动[*]

张和顺

1932 年 11 月，吴玉富、方炳生来竹筒坦村宣传工农红军的政策，张家益、张高寿、张茂法等人当时就参加了工农红军组织。到了年底，全村 15 个青壮年都加入了组织。但是，当时还没有建立支部，一切工作由方炳生指定张家益和我两人负责，主要任务是发展组织，打土豪，同时规定：一年中要开展三次斗争，即春季斗争、秋季斗争、年关斗争。通过打土豪运动，在经济上帮助解决困难户的生活困难。

1934 年 10 月间，我们选择了苏村、对家木村的土豪吴富贷作为打击对象。因为吴富贷一向靠高利贷为生，借此盘剥百姓，向他借 7 块钱一个月后就要还他 10 元，穷人无不痛恨。一天晚上，我们去了 10 个武装同志，向吴富贷"借"了银圆 300 元，狠狠地打击了他的嚣张气焰。第二次行动是

---

* 本文原标题为《金竹起义的一些情况》，收录时做了适当修改。

在同年 12 月，到井潭斗争了土豪邵气水（工商业）。通过两次年关斗争，极大地鼓舞了农民群众的斗争士气。

1935 年春，歙南、淳西山区久旱无雨，青黄不接。到了夏天，还是久晴不雨，夏粮只有两三成收入，广大农民无粮可吃，靠挖野菜度日。但是，土豪劣绅却乘机囤积粮食，高价出售。国民党反动派还是照常征收苛捐杂税，逼得农民走投无路，许多人妻离子散，家破人亡。广大贫苦农民强烈要求向反动派、土豪劣绅开展公开斗争，以争取生存的权利。针对这种形势，我们组织召开会议，研究后决定：广大群众已经发动起来了，时机已经成熟，决心以金竹为中心举行武装暴动。

1935 年 7 月 14 日夜，我们首先镇压了一贯欺压人民的联保主任方建霞、土豪方荣保（方建霞父）。当时参加暴动的有 40 余人，分两路进行，一路队伍去捕捉方建霞，另一路到田舍打土豪方荣保，共缴获土枪 2 支、大刀 1 把。当时方建霞被捉到后，准备带到朱村来进行斗争，但他就是不肯走，只好将他击杀在了蜈蚣形的河滩里。谁知道当时方建霞装死，事后又被他逃跑了。方荣保更是躲在楼上窗口里用土枪死命抵抗，当时我方的张明玉等五人都受了枪伤。后来方荣保拿着马刀准备下楼开门逃跑，门开后，汪来贵拿着土枪对准方荣保大喊不许动，方竟以刀砍汪来贵，幸好砍在汪来贵土枪的弹机上。结果枪响了，方荣保正好被击中，当即毙命。

7月17日，我们又斗争了金竹土豪方大坤，杀了方大坤家的一头猪，并以方大坤祠堂的租谷来解决粮食问题，帮助群众解决生活上的困难。我们还在金竹人家的墙壁上写遍了标语"抗丁、抗税、抗粮""白军弟兄们拖枪投诚者，赏洋一百元""打倒土豪劣绅"等，以宣传和鼓动群众，打击反动土豪劣绅的气焰，增强我们开展革命斗争的士气。

7月19日夜，我们又组织了200余人，带着手枪2支、土枪120余支，去攻打三阳壮丁队、税务所和叶村、中村、三阳的土豪。队伍当晚从金竹出发，不料在经过英坑后山时，被英坑联保主任黄维成发觉。他跑到三阳去报告，三阳乡又打电话向齐武区的反动军队求援。

等到工农红军队伍抵达三阳后，三阳乡的壮丁队进行了顽强抵抗。但是工农红军依然英勇奋战，沉重地打击了三阳、中村、叶村的土豪和反动武装。拂晓时，齐武的反动援军乘坐汽车前来支援，被我们设在三阳岭头杉树堂上的哨兵发觉。哨兵吹起了冲锋号令，我军随即向岭上撤退。反动援军听到我方的冲锋号，害怕遭受伏击，随即调头逃跑。

工农红军撤出三阳后，转移到了福泉山的尼姑庵住了三天，重新整顿了队伍。其中一部分回村隐蔽斗争，大部分人员留队继续斗争，并在福泉山和草节太赶制了军服和子弹袋。经过整顿后，尚有100余人，整编为1个连，以李春海为指导员，方忠正为连长，继续进行斗争。

当时，反动军队已开始在金竹、草节太等地"围剿"。

我们立即转战于浙江淳安七都的里金坑、横石亭一带，不料途中遭遇了敌军，随即转回瓦上的苞萝沅。因为没有吃的，我们派了三个人到瓦上去买粮食。不承想，瓦上保长徐先府捕住了我军的两人，还准备送交英坑的反动军队去请赏。幸好有一人未曾落网，立即跑回苞萝沅报告。我们立刻组织队伍赶到瓦上去营救，逮住了保长徐先府，并把他就地正法。

杀了保长后，部队转移到浙江六都银山、水碓山一带，又遇到了反动军队，战斗了一天一夜，弹药都打光了。于是派洪永和回竹筒坦去取火药，不幸被方建霞抓住了。

在弹尽粮绝的情况下，李春海即召开了会议，认为敌强我弱，兵力差距过大，起义队伍缺乏枪支弹药，为保存革命力量，准备立即撤出阵地，化整为零，疏散隐蔽，由公开的武装起义转入隐蔽分散的游击斗争。

当晚，大家每人发给银圆一块，趁着夜色突围后，各自找地方先隐蔽起来，然后待机而起，继续开展革命武装斗争。

山菊开满冇牛岗[*]

储鸣谷

1932 年 4 月，正当红四方面军发动著名的苏家埠战役时，六安东南乡爆发了冇牛岗农民武装暴动，沉重地打击了国民党反动势力，有力地支援了红军主力部队作战。这次暴动的领导人之一，就是女共产党员、中共六霍县委委员汪孝芝同志，人们亲切地称呼她"汪三姑娘"。

汪孝芝于 1890 年出生在舒城晓天猫儿岭一个农民的家庭。由于家境贫困，饥寒交迫，自小就送给人家当童养媳。她小时候性格就很倔强，受不了封建礼教的束缚，16 岁时，毅然离开了婆家，来到六安县境埠塔寺一带流浪、谋生。她懂得一点中医草药治病的知识，又拜师求教，便在前河两岸过着半乞讨半行医的生活，渐渐有了名声，受到了群众的欢迎。20 岁时，被刘大庄的乡亲收留，腾出半间草房给她栖

---

[*] 本文原标题为《忆冇牛岗起义领导者汪孝芝》，收录时做了适当修改。

身。不久，移居到草陂塘大窑后的井上庄。

1928年，皖西地区的党组织决定在六安、舒城交界的地方，建立党的组织，开展革命活动。当了解到汪孝芝出身贫寒，倾向革命，又有很好的群众基础时，便派高伯民、马霖到这里，确定汪孝芝为发展对象，加以培养。从这时起，汪三姑娘开始接受党的教育，懂得了革命道理，下定决心跟党走，并在贫苦农民和窑工中进行秘密串联。这年10月，汪孝芝还光荣地加入了中国共产党。1931年5月，根据上级党的指示，成立了中共六霍县委，负责领导六安、霍山、舒城的白区工作，汪孝芝被选为六霍县委委员，兼任曹丕塘党支部书记。

我是1930年第一次认识汪孝芝的。当时，我受六安中心县委的指派，去非苏区的舒城西乡重镇张母桥，向那里的党组织传达一个重要指示。为了安全起见，我绕道罗田、商城、固始、霍邱、六安，日夜兼程1000多里，历时20多天，才到达目的地。记得那是个朔风呼啸、雪花纷飞的傍晚，由汪孝芝派来的一个青年农民引路，进入了张母桥的西街。借着微弱的灯光，看到几处的屋檐下，有人伫立在风雪中，警觉地注视着周围，见了我们，微微点头。

我们来到时，屋里已坐着十多个青年男女。我们刚刚打过招呼，这时一位中年妇女走进屋内，长长的眉毛，瘦瘦的面颊，乌黑的头发梳得整整齐齐，墨色的袄裤干干净净，显得十分朴实、精干，正是领导前河两岸成千上万劳苦大众开展革命斗争的汪孝芝同志。

她紧紧握住我的手："储同志，一路辛苦啊！"让我感到了同志的关切和温暖。

当时，第二次"左"倾路线在党内结束不久，各地的革命形势正在好转。在"左"倾路线的影响下，皖西根据地一度几乎全部丧失，一些非苏区的党、团和革命群众组织，也因为盲目举行起义遭到了破坏。但是前河两岸的革命组织，在汪孝芝的领导下，非但没有遭受损失，反而蓬勃地发展起来。这在当时的历史条件下，是极其难能可贵的。会上，我传达了中心县委关于结束"左"倾错误路线，各地迅速恢复扩大党、团和革命群众组织的决定，得到了大家的广泛赞同。会后，我和几位同志跨过前河，到汪孝芝家里住宿。

第二天清晨起来，雪已停住，我看院子里有一个土台，上面种满了山菊花。虽然已不是山菊灿烂的季节，但是它的茎秆依然在迎风傲立着，只是那些红的、紫的、黄的各种颜色的花朵，都已被汪孝芝同志作为替群众治病的药材珍藏了起来。我刚进入堂屋，就听到又清脆又尖细的喊声："三姑娘，三姑娘，来客了！来客了！"抬头一看，原来是挂在屋檐下的八哥在鸟笼里叫。汪孝芝笑着对八哥说："你叫迟了，客人昨夜就来了！这次你可没有尽到责任啊！"她的话引得大家哈哈大笑。

原来这只八哥是经汪孝芝精心训练，作为放哨报信用的。自皖西根据地建立后，汪孝芝的家便成为苏区与外地联络的一个重要交通站。苏区派人到上海党中央汇报工作，或党中央派往苏区工作的同志，不少人都取道思古潭，经过汪孝芝同志的家。有的化装成教书先生或求学青年，有的化装成走江湖的艺人或小商小贩，他们在这里接头、聚会，这只八哥就起岗哨的作用。

山菊花、八哥以及这比较宽敞的屋子里的一切陈设，似乎都是为汪孝芝的革命活动而存在，这深深引起我对她的敬佩！

1931年初冬的一天，我去参加一个赤卫队会议，再次路过汪孝芝的家，看到院子里的山菊花，正迎寒怒放，五彩缤纷，仿佛汪孝芝一样勇敢地同风雪抗争。汪孝芝见了我们，兴奋地拍着腰间的手枪说："从前我喜爱山菊花，现在开始喜欢它了，不爱红装爱武装。"她告诉我，这枪是上级党组织交吴保才同志带给她的，吴保才同志还亲自教她使用。望着汪孝芝那认真而兴奋的神情，我笑着说："你一定会成为一个百发百中的神枪手，就像你曾是一个包治群众百病的'仙姑'一样！"

1932年3月，红四方面军为粉碎敌人第三次大规模"围剿"，东征皖西，集中优势兵力，将敌2个旅6000多人围困在苏家埠。为了支援苏家埠战役，牵制地方反动势力，六霍县委根据皖西道委指示，决定在冇牛岗一带组织农民暴动，并由汪孝芝具体领导。

1932 年 4 月 25 日，在县委特务队的配合下，冇牛岗农民举行了武装暴动。暴动前，汪孝芝一直住在观音庵积极筹划暴动的组织准备工作。25 日这天，天没亮她就起身，转了附近几个庄子，看到饭菜、茶水安排妥当，十分高兴。当她来到过龙塘时，特务队员们已经在整装待命。她和宋仁宏指导员登上高坡，眺望四方，一轮红日正从地平线上冉冉升起，远处，曹丕塘粼粼碧波在朝阳下闪着金光。宋指导员向东南一指说："看，来了！"汪孝芝顺手望去，只见一面红旗正穿过松林草山，向冇牛岗飘来了，这是曹丕塘、埠塔寺的赤卫队的红旗。赤卫队员们有的扛着长矛、钢锥、铁叉，有的握着大刀、斧头，神气十足地开来了。东边、西边、北边开来的是九十铺、陈家河、施家桥的赤卫队。四支队伍刚会合，南边又来了一支队伍，这是张母桥的赤卫队参加冇牛岗暴动来了。

这时，集合的武装农民上千人，汪孝芝走到宋指导员身边低语几句，宋指导员马上登上高坡，大声宣布："同志们，今天我们召开各乡赤卫队大会，在这一带成立二区苏维埃政府。我们马上就去打土豪、分田地……"会场响起了一阵掌声和欢呼声。

正在这时候，突然枪声四起，"铲共"队长刘敬之、李宾如、施汉三带着五六百地主武装从三面包围了会场。汪孝芝与宋指导员当机立断，一面命令邵正宏把数十面红旗插遍冇牛岗迷惑敌人，一面由宋指导员指挥特务队员及 200 多名赤卫队员集中火力掩护群众突围。敌人看到漫山遍野红旗飘，不知虚实，不敢前进，只是乱喊乱叫。宋指导员见西南方敌兵较弱，集中火力打开了一个缺口，汪孝芝乘机带领群众冲出了重围。但是，特务队和200多赤卫队员仍被敌人团团围住。到中午时分，虽然寡不敌众，无法突出重围，我方战士仍然勇敢作战，不断地同敌人拼杀，多次打退敌人的冲锋。这时，敌人纵火焚烧村庄，十几里路、百十户人家，都淹没在一片火海之中。敌人又趁火势，将我指战员围在两个小山包上。千钧一发之际，宋指导员带着几颗手榴弹，手握盒子枪，纵身跳到坟包后，大声喊道："同志们，我掩护，你们赶快撤下去！"说罢几颗手榴弹在敌群中爆炸，把接近的敌人压了下去。接着他又连打几枪，吸引住敌人的火力，特务队和赤卫队员们趁势冲了出去，但是宋仁宏同志却壮烈牺牲了，牺牲时手中还紧紧握着那支盒子枪。

汪孝芝率领的队伍同突围的特务队、赤卫队取得了联系后，便在月牙塘一带同敌人周旋。后来道委送来了100支枪，并将二区的赤卫队改编为六霍县游击大队。游击大队活动在前河两岸，连续缴了张大院、小老家、思古潭、丁家圩等地主的反动武装，镇压了地主恶霸及反动分子多人，鼓舞了群众的革命斗志。接着汪孝芝组织群众重建家园，队伍便集中在张店改编为六安县独立营，正式成立了二区苏维埃政府。至此，几经曲折的丼牛岗暴动，取得了胜利。

这时，苏家埠的包围战正在激烈进行。汪孝芝又发动群众运送粮食和各种物资，发动妇女做军鞋，广泛开展宣传，组织武装拦击溃败的敌人，为反"围剿"斗争做出了贡献。

1932 年 9 月，根据上级党的指示，在六霍独立营的掩护下，汪孝芝带着参军的青年、地方干部和红军家属共四五百人，前往道委的所在地麻埠。不料形势陡然变化，在敌人的进攻面前，张国焘由"左"倾变为右倾逃跑，放弃了根据地。当汪孝芝一行到了金家寨附近的长柱岭时，敌人已经切断了前面的道路。部分同志冲破敌人的封锁，追上了西行的红军部队，汪孝芝则带领部分人员回到家乡，在与中共舒城特支取得联系后，坚持开展革命斗争。

1933 年农历三月二十八，汪孝芝同志不幸被捕了！

头天夜间，汪孝芝开罢特支召开的党员代表大会，来到井上庄孙正贵家里，准备找有关的同志研究工作，不料被隔壁的周矮子听到，偷偷向敌人告了密。二十八这天，埠塔寺洋上保保长陈久涛带领二三十个匪兵，包围了井上庄子，将正在耕田的孙正贵拉去，打得皮开肉绽，让他交出汪孝芝，遭到孙正贵严正拒绝。敌人恼羞成怒，狂叫如不交出汪孝芝，要在这一带杀得鸡犬不留，烧得寸草不剩。正当敌人要下毒手，乡亲们要遭祸殃时，一个声音犹如晴空霹雳："你三姑姥就在这里，不许动乡亲们一根毫毛！"群众回头一看，齐声喊道："汪三姑娘！"

汪孝芝从容地把别在腰上的新鞋换上，拍净身上的草屑（她是从隐藏的草堆里走出来的），目光横扫了一下身边的匪徒，返身走进彭光奎的家，洗脸、梳头，然后转身来到庄前，凝望着她生活、战斗了多年的土地、村庄，默默向乡亲们告别。这时，整个村庄响起了揪心的声音："汪三姑娘！汪三姑娘！"

汪孝芝同志被敌人押往张家店，第二天就壮烈牺牲了！

四月初二这天，六个农民抬着汪孝芝的遗体，从张家店缓缓走来。走过一道道阡陌和一片片松林，走过一座座村庄和一条条河流。所到之处，都曾留下汪孝芝同志生前战斗的足迹；所到之处，皆是群众的一片恸哭声⋯⋯

汪孝芝同志牺牲的消息传来，使我们久久沉浸在悲哀和怀念之中。想起汪孝芝同志坎坷的一生、战斗的一生，如同那卟牛岗的山菊花一样，迎着严霜，昂首盛开。